내 마음의 처방전

병원중독자의 자기 치유 고군분투기

이승민

내 마음의 처방전

병원중독자의 자기 치유 고군분투기

글 이승민, 그림 전광은

프롤로그

나는 병원중독자

글쓴이가 스스로 자신의 이름 앞에 '병원중독자'라는 수식을 달아놓았으니 그 책은 병원찬양론을 담았을 것이라는 오해를 살 수도 있겠다. 맞을 수도, 아닐 수도 있다. 공황장애와 우울증을 비롯해 내 몸 곳곳에서 일어난 숱한 질병들과의 싸움이 벌어졌던 공간으로서 병원은 내게 작은 격전지였다. 전장이 다 그렇지 않은가. 죽음과 삶이 교차하고 눈물과 웃음이 뒤섞이며 고통과 치유가 공존하는 가장 드라마틱한 곳. 누구나 심신이 아플 때 가장 먼저 살기 위해 찾는 곳. 그렇게 이질적인 것들이 매일처럼 충돌하는 비운否運과 태운泰運의 콘크리트 정원.

평균 이상으로 병원을 자주 들락거리면서 나 자신이 건강염려증 환자라는 것을 깨닫게 됐고, 공황장애와 신체화장애 진단을 받게 됐으며, 다양한 발병 이력을 통해 의료실손보험을 납부액보다 더 타 먹는(?) 보험사 기피 대상 1순위의 유병자 신세가 됐다. 때로는 몸이 아파서, 때로는 마음이 고장 나서 응급실로 달려갔다. 외래 진료를 다니느라 분주했던 모든 순간이 나라고 좋았을 리 있을까. 멀쩡했던 사람도 괜히 병들게 만드는 것 같은 낯설고 두려운 세상이었지만 그곳에 가면 고통을 멎게 해줄 의사가 있고, 아픔을 치유해줄 처방전이 있을 것이라는 기대가 꾸준히 학습됐던 것이다. 사실 괴로운 심신이 주사 한 방, 알약 한 알에 평온을 되찾을 수 있는데도 미련하게 버틸 필요는 없었다. 아프면 치료를 받는 것이 맞으니까.

하지만 아프면 무조건 병원으로 달려가라고 이 책을 쓰게 된 것은 아니다. 병원을 내 집처럼 드나드는 동안 그 안에서 뜻하지 않게 소소한 깨달음을 발견할 수 있었고, 이 책은 그 작은 깨달음에 관한 것이다. 의사도 만들어주지 못하는, 비싼 링거보다 더 신묘한 힘을 발휘하기도 하는 삶의 처방전. 첨단 의료 기술도 해결할 수 없었던 치유의 공백을 느닷없이 채워주던 어떤 공감과 공유의 풍경 말이다.

당연하게도 나는 의료인이 아니다. 이 책에 언급한 적잖은 의학 관련 내용은 어디까지나 주관적이며 개인적인 경험과 생각에 의한 것들이므로 의과학적 정보라기보다 작가적 감상에 가깝다. 비슷한 질환을 앓고 있는 환우들이 책 속에서 행간의 의미를 찾아내듯, 병원 곳곳에 숨어 있는 삶의 처방전을 함께 발견했으면 하는 바람이다. 진료 시스템이나 환자를 대하는 의료진의 태도 등에 대한 어쩔 수 없는 실망의 마음도 글 안에 담겨있지만, 분명한 것은 당신이 어떻게 하느냐에 따라 병원이라는 어려운 공간이 내줄 수 있는 처방전은 달라질 수 있다.

병이 있고 없고를 떠나 많은 이들이 글을 읽고 작은 위안이라도 얻을 수 있기를 바란다. 특히 공황장애를 앓고 있거나 암으로 투병중인 환우들, 그리고 치매 환자를 가족으로 둔 모든 이들에게 고단한 하루를 웃으며 견디어낼 또 하나의 처방전이 될 수 있다면 나는 또 한번 웃을 수 있을 것 같다.

2019년 낯선 봄

이승민

차례

응급실에서 만난 경계선

죽을 것 같지만 죽진 않아

병원에서 웃게 될 거야

응급실에서 만난 경계선

응급실에서 만난 경계선

서른 번. 지금까지 응급실에 갔던 횟수다. 평생 큰 병원 한 번 가본 적 없다는 이들에게는 이해하기 힘든 수치일 것이다. 병원 가는 일을 좋아하는 사람이 어디 있을까. 나도 마찬가지다. 하지만 참기 힘들 정도로 아픈데 미련하게 버티는 것이 능사는 아니라는 것을 나는 알아버렸다. 대중화된 실손의료보험이 병원 진료를 증가시키고 있다는 의견도 틀린 말은 아니다. 믿는 구석이 있으니 한 번 다녀오기도 귀찮은 병원을 두세 번씩 찾는 것 아니냐고 추궁한다면 할 말이 없다. 그래도 다시 한 번 말하지만 나는 병원을 싫어한다.

〈그레이 아나토미〉를 즐겨봤다. 의사들이 주인공인 의학 드라마지만 인간관계와 심리에 관한 깊은 관찰 드라마이기도 해서 나의 '최애' 드라마가 됐다. 시애틀을 배경으로 한 병원은 어이없을 만큼 낭만적으로 보였다. 특히 응급실이 등장하는 장면은 늘 상상을 뛰어넘는 잔혹한 사건과 함께 숨막히는 드라마가 펼쳐지는 공간이었다. 쇠파이프가 가슴을 관통한 사람과 머리에 총알이 박힌 사람들이 실려오고, 수많은 인간들이 살아서 혹은 죽어서 나가는 곳. 볼 때마다 살고 죽는 일은 그 자체로 극적인 몰입을 불러왔다.

내가 처음 응급실 문을 열었던 것은 서른한 살 때였다. 부끄럽지만 큰 병은 아니었다. 장염 때문이었다. 그놈의 미드 때문에 응급실에 대한 기묘한 판타지가 생겼던 내게 처음 만난 응급실 풍경은 싱겁고 평온했다. 환자 위에 올라탄 채 연신 심폐소생술을 하며 이동하는 의사는 보이지 않았고, 알아들을 수 없는 전문용어를 내뱉으며 긴박하게 오더를 내리고 진두지휘하는 영웅도 없었다. 눈에 보이는 것은 술주정뱅이 환자에 시달리느라 짜증난 간호사와 떡진 머리로 하품을 하는 의사의 초췌한 모습뿐. 드라마는 드라마였고 현실은 현실이었다.

비록 드라마 같은 광경은 보기 힘들지만 응급실은 40도에 육박하는 열을 가장 빨리 떨어뜨려주고 뒤틀리는 복통을 신속하게 진정시켜주고, 구토와 설사를 거짓말처럼 멎게 해주는 고마운 곳이었다. 무엇보다 응급실에 도착하는 순간 아프고 괴롭던 심신이 이제 살았다는 안도감을 느끼게 되는데, 그것이 이미 치유의 시작이었다. 어쩌면 그 안도감 때문에 아픈 몸이 본능적으로 응급실을 찾는 것인지도 모른다. 돌봐줄 이 하나 없는 나처럼 외로운 사람이라면 더욱.

우습지만 서른 번 응급실을 오가다 보니 병원마다 각각 다른 응급실의 특징과 장단점이 눈에 들어왔다. 유명하고 큰 병원일수록 응급실에서도 '응급'의 의미를 찾기 어려웠다. 공황장애 때문에 자주 찾았던 서울대학교병원이었지만 그 응급실은 응급 환자라고 해도 아무나 들어갈 수 없는 곳이었다. 접수부터 하고 차례를 기다리는 것은 똑같지만 실제 진료실 안으로 들어갈 수 있는 환자는 선택받은 자들만 가능하다. 간호사들 말대로 처음에는 '베드가 모자라서'인 줄 알았다. 하지만 가슴이 조여오듯 아픈 흉통과 호흡곤란 때문에 달려갔던 날 나는 곧바로 선택을 받아 응급실 안으로 들어갈 수 있었는데, 간호사 말과 달리 비어있는 베드들이 눈에 제법 들어왔다. 환자용 침대가 모자라서라기보다 침대가 모자랄까봐 미리 경계하여 환자 상태의 경중에 따라 선별해 들이는 것 같았다. 심근경색처럼 당장 위급할 수 있는 질환이 의심되는 환자에게 우선적으로 침대를 내주는 것이었다. 물론 심장혈관과는 아무 상관없는 공황장애 때문이었다는 걸 나도 그들도 한참 후에야 알게 됐지만.

상황이 이렇다 보니 응급실은 정작 진료실 안보다 바깥 대기실이 사람들로 넘쳐나는 요상한 풍경을 연출했다. 어디 부러지거나 찔리거나 심장이 당장 멎을 것 같은 사람 아니고서는 일단 대기. 그들에게는 응급 처치도 대기실에서 이뤄지다 보니 링거 주사를 꽂은 채 의사의 호출만 애타게 기다리는 환자들에겐 앉을 의자도 부족했다. 여기저기 선 채로 발만 동동 구른다.

문제는 어디를 가나 진상 고객이 있다는 것. 내가 이렇게 아픈데 왜 이런 곳에 방치하느냐, 다른 사람은 링거라도 꽂아주는데 우리 아빠는 왜 아무런 처치도 안 해주느냐, 아이처럼 떼쓰고 난리 치는 사람들. 차라리 평화롭고 나른하기만 한 동네 병원이 그리워지는 순간이다. 어쩌겠는가. 경증의 환자들이 침대를 다 차지하고 있다가 중증 환자가 제때 처치 받지 못하는 상황은 막아야 한다는 병원 입장에는 전적으로 동의하는 바다.

〈그레이 아나토미〉의 응급실 판타지가 눈앞에서 펼쳐졌던 적도 있다. 어수선하고 시끄러워 안도감이라고는 느껴지지 않는 상계백병원 응급실 대기실 의자에 앉아 내 차례를 기다리고 있는데, 맞은편 의자에 조용히 앉아있던 중년 남자가 맥없이 바닥으로 미끄러져 내렸다. 옆에 있던 아내가 놀라서 정신을 잃은 남편을 흔들어댔지만 반응이 없었다. 심정지였다. 순식간에 안에서 뛰어나온 의사와 간호사들이 신속하게 그를 안으로 옮겼고, '베드' 위에서 이뤄진 심폐소생술과 응급 처치 덕분에 그는 요단

강 건너기 직전에 기적처럼 돌아왔다. 남자가 왜 응급실을 찾았던 것인지, 어떤 전조 증상을 느껴서 왔던 것인지, 아니면 다른 불편함으로 왔다가 우연히 그런 일이 일어난 것인지는 모른다. 중요한 건 그의 심장이 병원 응급실에서 멈췄다가 고맙게도 다시 움직여주었다는 것이다.

그가 쓰러지고 의료진이 일사분란하게 움직이는 동안 대기실에 있던 모든 이들의 이목은 한곳에 집중됐다. 소리 지르며 진상을 떨던 이조차 생과 사의 경계 앞에서 엄숙해졌다. 만약 그 남자가 한적한 밤길을 걷다가, 혹은 혼자 있는 화장실에서 심정지를 겪었다면 아무도 모르게 삶의 저편으로 황망히 건너갔을지 모를 일이다. 내 친구의 아버지처럼, 그리고 내 아버지처럼. 그 순간 죽음에서 살아돌아온 남자를 봤던 대기실의 사람들은 모두 같은 안도감을 느끼고 있었다.

〈그레이 아나토미〉에 그토록 빠져들었던 이유도 숱하게 엇갈리는 생사의 시간 싸움, 그리고 그 속에서 펼쳐지는 인간적 희로애락의 환장할 우연함 때문이었다. '타이밍'은 우리를 죽이기도 하고 살리기도 한다. 아마도 그날의 일을 겪었던 사람들은 이후로 응급실 침대를 비워 놓는 것에 대해 크게 불만을 갖지 않게 됐을 것이다. 언제 펼쳐질지 모를 응급실의 결정적 한 장면을 위해 남겨 놓은 생명의 침대. 하지만 지금 이 순간에도 응급실 곳곳에서는 침대를 차지하기 위한 치열한 병싸움이 펼쳐지고 있을 것이다.

* 그날의 처방전: 의학 드라마와 달리 실제 응급실 풍경은 평온했다. 하지만 그 안에서 생사를 오가는 삶의 경계선은 수없이 많은 잔혹 또는 감동의 드라마를 만들어낸다. 응급실의 의료용 침대는 그 경계를 넘나드는 이들을 위해 조용히 양보해야 옳다. 내 순서가 오기 전까지.

병문안 온 친구는 잠을 청했다

삼재三災를 믿게 된 건 허리디스크 때문이었다. 특히 날삼재를 조심하라는 어르신 말씀은 나의 서른아홉, 아홉수를 며칠 남기지 않은 12월 어느날 갑자기 비명과 함께 쓰러지면서 현실이 되고 말았다. 별 생각없이 장난으로 내 허리를 쳤던 선배는 내가 고꾸라지는 걸 보고 껄껄댔다. 식은땀을 흘리면서 바닥을 기는 나를 보면서도 진짜 아픈 거냐고 수 차례 묻고 나서야 사태의 심각성을 깨달았다. 미리 말하지만 선배는 아무 잘못이 없다. 언젠가부터 찔끔찔끔 삐져나왔을 내 디스크가 우연의 순간을 택해 속절없이 터졌을 뿐이었다. 누가 툭 친다고 그렇게 쉽게 탈출하거나(허리디스크의 정확한 명칭은 추간판탈출증이다) 터지는 디스크가 절대 아니다. 잘못된 자세, 생활습관, 노화, 강한 충격, 반복적인 미세 충격 등 여러 요인이 오랜 시간 쌓이면서 악화되는 질병, 디스크.

"스트레스도 원인이 될 수 있나요?"

정형외과 의사에게 물었더니 '뭐 그럴 수도?' 정도의 대답이 돌아왔다. 당시 나는 잡지 편집팀장으로 일하고 있었는데, 그즈음 잡지의 발행인이 바뀌었다. 이름만 대면 알만한 유명 여성 기업인이 새 주인이 되면서 대대적인 잡지 리뉴얼 명령이 떨어졌다. 첫 대면 자리에서 우아한 매너를 뽐내며 식사를 함께했던 그녀는 다음날부터 수시로 전화와 메일을 통해 '세상에서 찾아볼 수 없는 품격 있고 유니크하며 모든 매체의 표준이 될 수 있는 잡지를 만들라'는 압박을 가했다. 잡지 만드는 일을 10년 가까이 해왔지만 세상에서 찾아볼 수 없는 잡지를 만들어내는 일이 어디 만만한 일이었겠는가. 내 인생 최악의 스트레스가 시작됐다. 그리고 얼마 안 되어 그 사단이 벌어지고 말았으니 나는 모든 걸 '마녀 탓'으로 돌렸다. 꾸준히 수영을 해왔고 무거운 짐을 옮길 일이 생기면 슬쩍 동료에게 부탁하는 나름의 처세술을 부렸음에도 불구하고 허무하게 터져버린 디스크. 덕분에 오른쪽 다리가 마비되고 엉덩이와 허벅지의 감각이 사라져버렸다. 끝까지 수술만은 하지 않고 버티려 했으나 반드시 수술을 해야 하는 응급 상황이라는 의사 말에 나는 수술장으로 향해야 했다.

여섯 시간 동안 수술이 이어졌다. 요추 4번과 5번, 요추 5번과 천추 1번 두 마디의 디스크를 모두 빼낸 자리에 인공 디스크를 삽입하고 시멘트 역할을 할 엉치뼈를 떼내어 그 부위에 솔솔 뿌려준 뒤 단단히 고정시켜줄 못 여섯 개를 박는 이른바 골유합술은 생각만큼 큰 수술이었다. 나중에 정신과 진료를 받으면서 알게 됐지만 불행히도 내 우울증과 공황장애가 이때부터 서서히 싹을 틔우고 있었다.

난생 처음 칼질을 당한 내 몸은 마취 기운이 풀리면서 낯선 고통에 시달렸다. 3인 병실의 딱딱한 침대에 누워

꼼짝 못한 채 '여긴 어디? 나는 누구?'만 되내었다. 정녕 이것이 현실인가 싶었고 다시 이전의 일상으로 돌아갈 수 있을지 겁나고 두려웠다. 현실감을 잃어버렸다. 내가 좋아했던 일로부터, 사람들로부터, 세상과의 관계로부터 원심분리된 것 같은 괴리감이랄까 단절감이랄까. 그 낯선 지점에 홀로 멈춰선 아주 불쾌하고 힘든 기분.

그렇게 누워 현실감이 돌아오기만을 기다리고 있을 때 친구 녀석이 문병을 왔다. 반가웠다. 분리된 내 자아와 현실 사이를 이어줄 메신저 같은 존재였으니까. 한데 녀석은 병실에 들어오자마자 자신의 스트레스에 대한 하소연을 잔뜩 늘어놓더니 손에 들고 왔던 음료수와 빵을 폭식증 환자처럼 허겁지겁 먹어대고는 간이침대에 드러누웠다. 그는 진짜 잠이 들었다. 목디스크 수술을 마친 옆 침대 할아버지도, 뒷침대 할머니를 간병하던 간병인도 코까지 낮게 골며 자는 친구 녀석을 보고 눈을 동그랗게 떴다.

서운했다. 나를 이렇게 만든 마녀 발행인을 실컷 욕한 후, 그래도 수술이 잘됐다니 예전처럼 회복할 수 있을 것이라는 따뜻한 위로를 들려줄 줄 알았건만. 적어도 고생했다고 한 마디 던져주길 바랐건만… 나는 얼마 동안 잠든 녀석의 얼굴만 물끄러미 쳐다봤다. 그런데 입가에 과자 부스러기를 묻힌 채 곤히도 자는 친구를 보다가 나도 모르게 웃음이 터졌다. 피주머니를 달고 누워있는 환자를 앞에 누고도 그저 본능에 충실한 내 친구. 지질하게 새어나오던 웃음이 조금씩 커지기 시작했다. 얼마만에 터진 웃음인지 기억도 나지 않았다. 마지막으로 웃었던 게 언제였던가.

웃음이란 것은 일상성 회복의 전조 같은 것이다. 몸도 마음도 아플 때, 그래서 익숙하던 현실로부터 이탈한 듯 낯선 두려움에 휩싸일 때, 웃음은 잃었던 삶의 원심력을 회복시키는 역할을 한다. 웃음의 행위 자체가 현실에 발붙이고 있음에 대한 여실한 자각이기 때문이다. 내 웃음의 기능이 영원히 정지된 것이 아니라는 인식은 다른 기능의 회복에 대한 희망도 품게 했다.

아무것도 한 것 없이 병실에 들어와 먹고 잠든 친구.

일부러 낯간지러운 위로의 말을 건네는 대신 아무 일 없었던 것처럼 자신이 보여준 일상성 속으로 조용히 따라오게끔 빅피처를 그렸던 것일까. 그것이 녀석 나름대로 나를 위로하는 방식이었을지도 모르겠다. 누구보다 나를 속속들이 알고 있는 친구였으므로.

물론 단비 같은 웃음도, 일상성의 회복도 잠시였다. 말했듯이 어두운 터널 같은 기나긴 우울의 첫 출발이었던 사고였고, 수술 후유증을 견디며 재활하는 6개월여 동안 내 몸과 마음은 계속 망가져 갔으니. 그 와중에도 친구는 갑옷 같은 허리보조기를 찬 나를 굳이 밖으로 불러내 맛있는 걸 먹고 정신없이 떠들어댄 후 돌아가고는 했다. 그때마다 나는 잠깐씩 웃었고, 잠시나마 일상으로 돌아가는 것 같은 편안한 착각을 느꼈다.

누군가를 위로한다는 것은 생각보다 어렵다. 위로의 기술도 필요하다. 공감 능력이 결여된 어설픈 위로는 영혼 없는 대사처럼 들릴 때가 많다. 내 친구의 위로는 적어도 어설프진 않았다. 상대의 아픔을 공감하느라 작위적인 표정이나 말을 담지도 않았다. 이후로 누군가를 위로해야 하는 순간 나도 친구처럼 하려고 애쓴다. 네게 닥친 불행은 아무것도 아니라는 듯, 언제 우리 일상에 무슨 일이라도 있었냐는 듯, 어제 그랬던 것처럼 오늘도 그냥 하던 대로 하자고. 마음병을 앓고 있는 이들에게 특히 중요한 것은 일상성의 회복이다. 서운하다고, 무심하다고 욕한다면, 그건 당신 우정의 한계다.

* 그날의 처방전: 낯간지러운 위로의 말 대신 아무 일 없었던 것처럼 평범한 일상 속으로 나를 이끌며 웃게 만들어주는 친구의 존재가 진통제보다 효과적이다. 웃음의 기능이 영원히 정지된 것이 아니라는 인식은 다른 몸과 마음의 기능도 회복할 수 있을 것이라는 희망을 품게 했다.

복지카드를 들고서

허리디스크 수술로 많은 것을 잃은 대신 한 장의 카드를 얻었다. 장애인에게 주어지는 복지카드다. 나는 지체장애 6급 장애인이 됐다. 경증 장애인은 생각보다 많다. 2017년 통계청 자료에 의하면 전국의 장애인 수는 약 250만 명. 이 중에서 가장 많은 비중을 차지하고 있는 것이 나와 같은 6급으로 약 64만 명에 이른다. 지체장애 6급이 40만 명 이상으로 그 중에서도 압도적으로 많다. 나처럼 겉으로만 멀쩡해 보이는 지체장애인은 얼마나 많을까. 아쉽지만 그런 통계는 찾지 못했다.

복지카드는 장애인을 위한 신분증이다. 전국 지하철을 무료로 탈 수 있고 KTX나 국적기 항공을 이용할 때는 물론 휴대폰 요금도 할인해준다. 영화도 보다 저렴하게 볼 수 있다. 직장 동료가 출퇴근 전철 비용 굳는 것만으로 부럽다고 얘기하면 나는 "장애인이라서 행복해요"라고 말하곤 했다. 상대방이 듣기 좋은 대답을 아직은 찾지 못했다. 그런데 정말 행복한가. 행복할 리 없다. 내 모든 불행의 근원이 여기서부터 시작됐으니까.

요즘에는 복지카드에 신용카드와 교통카드 기능이 들어가 있지만 처음에는 복지카드 따로 교통카드 따로였다. 복지카드를 지하철 출입구 단말기에 대면 '삐'하는 통과음 소리가 두 번 울린다. 다른 사람들처럼 한 번이 아니고 두 번! 공짜는 공짜인데 세상 사람들 다 알게 하는 공짜다. 처음엔 알량한 자존심에 사용하지 않았다가 자존심 세우기에는 절약되는 돈의 액수가 상당하다는 현실을 직시했다. 그러다가 어느 날 무임승차 단속원이 내 옷깃을 붙잡았다.

"장애인 맞아요?"

그 소리가 귓전을 때리는 징소리처럼 쩌렁하게 심장을 때렸다. 바쁜 출근길, 지하철 역을 지나는 많은 사람들이 나를 쳐다봤다. 단속원은 내게 장애인 신분증, 즉 복지카드를 요구했다. 그럴 만하다. 내가 봐도 장애인이라기엔 나의 사지육신이 너무 멀쩡하니까. 정말 견디기 힘들었던 것은 마치 범법자나 사기꾼을 대하는 듯한 공격적인 눈초리와 말투였다. 딱 잘 걸렸다는 눈빛. 그 눈빛에 지기 싫어 말했다.

"왜 제가 복지카드를 보여줘야 하죠?"

지금 생각하면 소모적인 항거였다. 아니 솔직히 짜증이 났던 거고 자존심이 긁혔던 것이 맞다. 허리디스크 수술 후 우울의 늪에 빠져있던 내게 당신까지 왜 그러냐고 화내고 싶었던 것이다.

"남의 카드 갖고 다니는 사람이 많아서요."

전철비 안 내려고 가족이나 타인의 장애인 교통카드

를 가지고 다니는 사람이 있다는 걸 그때 처음 알았다. 플랫폼을 빠져 나온 사람들이 뒤에서 계속 밀려나오고 있었다. 그때마다 많은 시선들이 내 뒤통수에 화살처럼 날아와 박히는 낯뜨거운 현장에서 벗어나려면 얼른 복지카드를 보여주는 수밖에 없었다. 더 이상 따져 물을 용기도 없었다. 화끈거리는 얼굴로 가방을 뒤적거리다가 지갑이 바닥에 떨어졌다. 지갑을 주우려다가 사람들에게 밀려 앞으로 고꾸라졌다. 무릎을 꿇고 두 손을 짚은 채 단속원에게 절이라도 하는 것 같은 이상한 상황이 연출됐다. 내 시선으로 단속원의 검은색 구두가 보였다. 그날따라 구두 앞코가 내 눈을 찌를 것처럼 날카롭고 뾰족해 보였다. 병신같이 눈물이 났다. 그깟 공짜 전철 좀 타겠다고 이런 수모를 당하나 싶은 생각에 어머니 얼굴도 떠올랐다.

힘겹게 일어서 복지카드를 꺼내고 단속원에게 건넸다. 의심의 눈초리를 견디며 카드를 다시 건네받는 동안 내 마음에는 쉴 새 없이 포탄이 떨어졌다. 그곳을 어떻게 벗어났을까. 아득해졌던 정신을 차렸을 때, 나는 화창한 햇살이 내리쬐는 신용산역 4번 출구 앞에 서 있었고 손에는 복지카드가 들려 있었다.

물론 지금도 복지카드를 쓴다. 늘 챙겨 다닌다. 지금은 교통카드와 복지카드가 한 장으로 결합돼서 앞뒤가 보이는 투명 카드 지갑에 넣어 언제든 누구든 요구하면 바로 확인시켜줄 수도 있다. 하지만 여전히 카드를 찍고 지하철 출입구를 통과할 때면 단속원이 있는지 본능적으로 살피게 된다. 내게는 결코 가볍지 않은 트라우마가 된 것이다. 그렇게 강단이 없어서 사는 거 참 피곤하겠다며 혀를 차던 직장 동료는 단속원의 무례한 태도에 대해서는 별 말이 없었다. 솔직히 멀쩡한 사람이 공짜로 전철 타고 다니는 건 세금 낭비일 수 있지. 동료가 덧붙인 말 속에 대다수 비장애인들의 시각이 담겨 있을 듯하다.

올해부터 장애인 등급제가 폐지되면서 새롭게 개정된 장애인 복지법이 순차적으로 시행된다. 장애유형별 중증도에 따라 1~6급까지 구분했던 등급부터 사라진다. 장애인의 개별적인 요구가 다양화되고 있는 만큼 좀 더 수

요자 개개인에 맞춘 지원을 하겠다는 것이 취지다. 그래서 정확히 뭐가 어떻게 달라진다는 건지는 아직 모르겠다. 어쨌든 장애인 복지 환경과 삶의 질을 향상시키고자 하는 변화의 노력이라고 믿을 뿐이다. 다만 여기에서 보다 근원적이고 당연한 문제 제기를 던지고 싶다. 내게 트라우마를 안겨준 세상의 시선에 대한 얘기다. 장애인이 되고 보니 정작 몸의 장애보다 더 심각한 것은 마음의 장애, 마음병이라는 걸 절실히 깨달았다. 겉으로는 장애 정도를 잘 알 수 없는 나조차 이런데 더 중한 이들의 경우에는 오죽할까.

"당신의 행동과 말은 이해합니다. 그것은 당신의 임무이기도 했으니까요. 하지만 그렇게까지 위압적이고 공격적으로 저를 대할 이유는 없었어요. 겉으로 보이진 않지만, 제 척추에는 여섯 개의 못이 박혀 있고, 두 개의 디스크가 소멸됐으며, 허리의 가동 반경은 일반인보다 훨씬 적어 보이지 않는 삶의 불편이 따르니까요. 저처럼 겉으로는 알아볼 수 없는 장애인이 수십만 명입니다. 그러니 다음부터는 의심이 되더라도 부디 이렇게 물어보세요.

죄송합니다만 복지카드 좀 보여주실 수 있겠습니까. 어쩔 수 없는 확인 절차라서요, 라고요. 어렵지 않잖아요. 그죠?" 늦었지만 그날 단속원에게 미처 못 했던 말을 전한다. 이제 좀 속이 시원하다.

* 그날의 처방전: 나부터 스스로의 장애에 당당해져야 한다. 장애인 신분증 역할을 하는 복지카드를 들고 무료로 지하철을 타고 내리거나 극장에서 할인된 가격으로 영화를 보려 할 때 복지카드를 보여달라는 요구를 받을 때가 있다. 조금만 공손하게 요청해주길 바란다. 나도 내 장애를 더는 부끄럽게 여기지 않고 잽싸게 복지카드를 내밀 테니!

혈액암과 통풍이라는 친구

친구에게서 전화가 걸려왔다.

"나 한강이야."

한창 일하고 있을 시간에 웬 한강. 이 시간에 한강 나들이라니 팔자 좋다고 너스레를 떠는데 찜찜한 침묵이 이어졌다. 그러고 보니 목소리가 잔뜩 가라앉아 있었다. 무슨 일 있냐고 물으니 한참만에 대답이 떨어졌다.

"나 암이란다."

나이 들었다는 사실을 주변의 변화를 통해 체감할 때가 많다. 지인 부모님의 장례식이 늘고, 이혼하고 재혼하는 친구들이 생겨나고, 사업하다 망해서 파산 신고하는 친구도 보이면서 나이 들어간다는 자각의 빈도가 잦아질 무렵이었다. 씁쓸한 자각의 결정판은 친구의 혈액암 인증이었다.

한강 공원 벤치에 앉아 하염없이 울고 난 후 전화를 걸었다는 친구에게 뭐라고 위로의 말을 건네야 할지 모르겠어서 어색한 침묵만 이어졌다. 침묵을 깨고 내가 건넨 말은 '밥은 먹었어?'였다. 아무렇지 않은 듯한 일상적 반응을 의도했지만 자신이 암이라는데 밥이 넘어가겠는가. 백혈병으로 알고 있던 혈액암은 걸리면 무조건 죽는 병이라고 생각했다. 좋은 대학 나와 대기업 잘 다니고 있는 친구가 왜 연간 10만 명당 한두 명 걸린다는 병에 걸렸을까. 인물도 좋고 품성도 착한 녀석인데. 그 인과관계부터 납득이 가지 않았다. 죽어야 할 이유를 세 가지 정도만 찾아도 수긍했겠지만 역시 죽음은 세상의 모든 법칙과 관성을 무시한다는 사실만 새삼 깨달았다.

다행인지 불행인지 녀석은 만성 골수성 백혈병이었고 당장 어떻게 되는 것은 아니라고 했다. 알아보니 표적치료를 위한 항암제들이 개발되면서 약 잘 먹고 관리 잘하면 좋아질 수 있는 가능성도 충분하고 장기 생존율 또한 크게 늘어나는 추세라고. 그래도 '암'이라는 병명만으로 대단히 위협적이고 공포스러운 것은 사실이었다. 누군가는 뇌출혈이나 교통사고로 한순간에 저 세상으로 가버리는 사람에 비하면 죽음을 준비할 시간을 주는 암은 그래도 예의가 있고 정중하다고 말했다. 훗날 유방암 진단을 받은 누나에게 그 말을 했을 때 고통스럽게 죽어가는 암환우들에게 예의도 정중도 쓸 단어는 아닌 것 같다고도 했다. 다 말장난이라고.

암 진단을 받은 후 몇 년이 흐른 지금까지 친구는 그럭저럭 잘 지내고 있다. 사이사이 알 수 없는 이유로 몸 컨디션이 안 좋아질 때마다 아마도 죽음을 떠올리는 눈치였다. 죽음에 대한 준비라고 해야 하나. 감기에만 걸려도 치명적일 수 있다는 기약 없는 불안을 안고 산다는 것은 그 자체로 또 하나의 공포이자 고통일 것임이 분명하다.

"차라리 눈에 보이는 종양이어서 메스로 도려낼 수

있는 거라면 좋겠어."

'24시간 내 피 속에는 암세포가 흐르고 있어'로 의역되는 친구의 말이 잔인하게 느껴졌다. 같은 암인데도 이런 입장 차이가 존재한다는 아이러니가 어쩔 때는 신의 장난 같기도 하다. 고통의 타입을 세분화해서 인간으로 하여금 최대한 다양하게 괴로워하도록 옵션을 세팅해 놓은 듯한 이 현실 말이다.

또 다른 친구는 통풍을 앓는다. 어지간해선 아픈 내색조차 안 하는 친구가 어느 날 119에 직접 전화 걸어 응급실까지 실려 갔다는 이야기를 듣고 나는 깜짝 놀랐다. 잘 아프지도 않고 아파도 안 아픈 척 하는 성향인데다 아프다는 걸 우습게 여기던 이 친구는 어느새 통증 노이로제까지 앓고 있었다. 업무 때문에 해외 출장이 잦은 친구로부터 외국 나가기가 두렵다는 고해를 듣고 나서야 나는 통풍이라는 낯선 병의 통증 정도를 가늠해봤다.

물론 이 친구도 약을 먹기 시작한 후 지금까지 큰 탈 없이 잘 지내고 있으며, 먹성은 변하지 않았으나 최소한

가려 먹으려는 노력을 하면서 산다. 가끔 물어보면 아직 마음 속에 어느 정도의 불안은 자리하고 있는 눈치였다. 육체적 고통은 한 번 학습되면 어지간해선 잊혀지지 않으니까. 주변에 통풍을 앓고 있는 지인은 현재 네 명. 암에 걸렸다는 사람도 꾸준히 늘고 있다. 뿐이겠는가. 성인병의 기본인 고혈압, 당뇨, 고지혈증부터 그 놈의 지긋지긋한 디스크와 관절염까지. 다들 복용 중인 약을 테이블 위에 한데 올려놓으면 꽤 볼만할 것이다.

얼마 전에야 혈액암을 앓는 친구에게 괜찮냐고 물어봤다. 암 발병한 지 이토록 오래 지난 후에 새삼 괜찮냐니. 그 질문 하나 던지는 것도 지레 겁이 났던 내 마음을 친구도 아는지 면박을 주지는 않았다.

"아직도 불쑥불쑥 믿기지 않을 때가 있어. 지금도 병원에 정기검진 받으러 가서 앉아있으면 처음처럼 겁나고 우울해지고."

30대 때는 여유롭고 근사한 불혹을 꿈꿨다. 내 삶과

미래에 좀 더 느긋하고 관대해질 중년을 기대했다. 웬걸. 하루하루 사는 게 마음 지옥이 되고 보니 자주 못된 생각도 한다. 어찌 보면 내가 버티는 힘은 동질감 때문일 것이다. 이유와 양상은 다를지언정 모두들 비슷하게 몸의 병과 마음의 병을 달고 나이 들어간다는 웃픈 공감대 같은 것. '내일은 좀 나아질 거야' 같은 대책 없는 희망고문도 의미 없어진 중년의 마음에게 더 가슴 깊이 와 닿는 말. 그저 오늘도 무사히.

* 그날의 처방전: 나이든다는 것은 혈액암과 통풍도 동고동락하는 친구로 살게 된다는 것. 그럼에도 몸과 달리 마음은 고통에 익숙해지지 않는다. 오랜 투병 끝자락엔 마음도 병든다. 암 환우들 중 정신과 치료를 병행하는 이들도 늘고 있지 않는가. 마음을 함께 다스려야 한다.

"칵테일 주사 안 맞으실래요? 싸게 해드려요."

골프엘보(내측상과염)라는 팔꿈치 통증 때문에 동네 정형외과를 찾았을 때 배 나온 남자 실장이 느끼한 웃음을 흘리며 말했다. 내과도 아니고 피부과도 아닌 정형외과에서 칵테일 주사라니. 접수 데스크 아래와 양쪽 벽, 그리고 진료실 문까지 '마이어스 칵테일 주사' 광고가 덕지덕지 붙어 있었다. 비타민C, 비타민B5, 비타민B12, 칼슘, 마그네슘 등 몸에 필요한 각종 영양을 빠르게 주입해 세포 내 부족한 영양을 효과적으로 채울 수 있다는 건강 주사. 주사기 재사용으로 인한 간염 바이러스 전염으로도 문제가 됐던 그 비타민 주사, 일명 '짬뽕 주사'다.

글루타치온 성분으로 피부 톤을 환하게 해준다는 백옥 주사부터 마늘 주사, 신데렐라 주사 등이 피부과를 중심으로 인기를 끌어온 건 어제오늘 일이 아니었다. 시대 흐름이나 유행에 따라 쓰임새를 달리하며 이른바 병원 트렌드를 이끌어온 비타민 주사의 역사가 마치 마이어스 칵테일 주사로 집대성된 듯한 느낌도 든다. 그만큼 병원들이 내세우는 마이어스 칵테일 주사의 효능은 항산화에서부터 혈관 해독, 피로 회복, 면역력 증강, 피부 미용에까지 이른다고 하니 만병통치약이 아닐 수 없다.

요즘 너무 피로하지 않으세요? 피로하다. 요즘 입맛이 없지 않으세요? 딱히 입맛이 좋진 않다. 요즘 피부가 좀 거칠지 않으세요? 피부는 늘 불만이다. 실장이 쏟아내는 질문마다 주사를 맞아야 할 당위성은 쌓여갔고, 문답을 끝낸 실장은 '거봐요' 하는 눈빛으로 어서 지갑을 열라고 속삭였다. 그러는 사이 정작 병원에 온 본연의 이유는 망각한 채 말이다. 원래 건강보험 적용이 안 되는데 실손보험 처리할 수 있도록 장염이라고 허위 진단서를 떼줘 뉴스를 탄 병원까지 나올 정도니 그만큼 돈벌이가 된다는 얘기일 것이다. 동네 주부들 사이에서 '칵테일 맞으러 병원 가자'는 얘기가 유행처럼 번지자 급기야 도수 치료랑 칵테일 주사를 묶어서 패키지로 내놓는 병원까지 등장했다.

사실 이 정형외과를 찾은 이유는 다른 데 있었다. 온찜질, 전기 치료, 초음파가 물리치료의 전부인 여느 정형외과와 달리 이곳에 레이저 자기장 치료 기계가 새로 들어왔다는 첩보를 얻었기 때문이다. 팔꿈치처럼 치료 범위가 좁을 경우 특히 자기장 치료가 좋다는 첨언과 함께. 말하자면 유행에 민감한 병원이었던 셈이다. 레이저 자기장 치료는 기대 이상으로 만족스러웠다. 고가의 포스가 느껴지는 기계의 자태도 그렇고, 근육과 힘줄 깊숙이 전달되는 짜릿한 충격은 전기나 초음파 치료와 차원이 달랐다. 일주일 정도 다녀본 결과 팔꿈치 증상도 호전됐다. 레이저 자기장 치료 때문만은 아니었겠지만 최신 트렌드를 참고해 병원을 선택한 결정이 내심 흐뭇해지는 순간이었다. 결국 실장의 꼬임에 빠져 칵테일 주사의 유혹에 넘어가고 말았지만.

칵테일 주사의 효과는 어땠을까. 어디까지나 개인적인 경험을 말하자면, 힐링 되는 기분이었다. 고단하던 마음이 조금 풀어지고 우울하던 감정에 약간 생기가 돌고, 밑도 끝도 없이 그냥 내 몸이 괜히 건강해진 것 같은 느낌적인 느낌. 칵테일 주사가 마음병을 치료하는 데 도움이 될지 모르겠다는 새로운 가설을 주장하고 싶은 마음도 잠깐 들었다. 한데 찾아보니 마이어스 칵테일 주사가 암 환자의 극심한 통증 증상을 호전시키기 위해 사용되는 주사라는 자료를 보게 됐다. 암 환자의 통증을 경감시키는 데 정말 도움이 된다면 그로 인한 심리적인 호전 반응 또한 가능하지 않을까. 그러니 힐링을 경험한 내 느낌도 전혀 맥락 없는 주장만은 아니지 않을까 싶었다.

의료계에도 다양한 트렌드가 존재한다. 특히 치료법과 관련한 의학 기술 트렌드는 환자들의 삶의 질과 직결될 수 있는 부분이기에 어느 정도 정보의 길을 열어두는 노력이 필요하다. 레이저 자기장 치료 기계로 석 달 넘게 속 썩이던 팔꿈치가 호전됐고, 마이어스 칵테일 주사가 심리적인 안정을 주는데 도움이 됐듯 병을 고치기 위해서라면 적극적인 메디컬 트렌드세터가 될 필요도 있다는 얘기다.

트렌드를 가장 많이 타는 곳 중 또 한 곳이 한의원이다. 동네 한의원의 트렌드 정보는 어르신들이 꽉 쥐고 있다. ○○○한의원에 가면 아로마 오일 요법도 해준대요. ○○○한의원에 가면 서비스로 장침을 놔준다우. ○○○한의원에 고주파 기계 들어왔다는데. ○○○한의원 뜸이 그렇게 좋다니까. 내가 한의원을 자주 찾는 이유는 그곳에서만 은밀하게(?) 공유되는 알짜 정보 때문이기도 했다. 자고로 어르신 말씀 들으면 자다가도 공짜 침 한 대를 더 맞는 법.

은은한 한약재 향이 그득한 한의원의 뜨끈한 침대에 누워 이런저런 치료를 받는 한 시간 남짓이 내게는 잠시나마 시름을 잊고 평온에 빠져드는 휴식의 시간이었다. 아무도 돌봐줄 이 없는 나에게는 정성으로 돌봐주는 누군가가 존재한다는 생각만으로도 안온한 위안이 되고 힐링이 되기 때문이었다. 그리고 어르신들의 정보에 힘입은 최신 트렌드의 어떤 것이 더해졌을 때, 치유의 에너지는 분명히 시너지 효과를 일으켰다.

불면증 때문에 한창 고생할 때 내가 유일하게 깊은 잠에 빠져들었던 곳이 동네 한의원이었다. 적막한 밤의 고요 속에서도 잠 못 이루던 나는 어르신들 수선거리는 목소리와 낮게 깔리는 한의원 명상 음악을 화이트 노이즈 삼아 잠시나마 편안히 눈을 붙이곤 했다.

사람이 주지 못하는 따뜻한 위로를 차가운 기계와 따가운 주사 바늘이 줄 때가 있다는 걸 내 몸은 알고 있다. 내 마음이 겪은 일이다. 그렇게 해서 마음이 조금이라도 편안해질 수 있다면 그렇게 하는 것이 맞다. 나는 내일도 어느 병원과 관련된 새로운 정보가 전해지면 시간을 내서 가볼 생각이다.

* 그날의 처방전: 의료계에도 트렌드가 존재한다. 특히 치료법과 관련한 의학 기술이 환자들의 삶의 질과 직결될 수 있기에 어느 정도 흐름을 들여다보는 노력이 필요하다. 차가운 기계와 따가운 주사 바늘이 명품도 선사하지 못하는 만족감을 안겨줄 때가 있다는 것을 몸은 알고 있다.

비타민
칵테일

프로포폴 상습 투약으로 매스컴에 연예인 이름이 오르내렸던 적이 있다. 마약처럼 중독성이 강한 의약품이다 보니 사용이 엄격히 제한돼 있는데도 작은 병 하나에 왜 그들은 자꾸 집착했을까. 프로포폴은 수면 내시경을 받아본 사람이라면 누구나 한두 번 경험이 있다. 순식간에 사람을 깊은 잠에 빠지도록 만드는 바로 그 하얀색 액체.

병원에서 이뤄지는 각종 처치나 시술 등을 적당히 즐기는(?) 정도의 내공이 쌓이다 보니 위내시경쯤은 수면 마취 없이도 거뜬히 해내곤 했다. 의사가 깨어있는 상태에서 위내시경을 이렇게 편안히 받는 사람은 처음 본다고 할 만큼 내게는 대수롭지 않은 수준의 불편함일 뿐이었다. 수면 마취 없는 내시경을 고집했던 이유 중 하나는 실시간으로 내 위장 상태를 직접 볼 수 있기 때문이었다. 내가 잠든 사이에 밀려든 환자들을 의식한 의사가 내 소중한 위장 속을 대충 훑어보고 끝낼 수도 있고, 전날 숙취가 덜 깬 의사가 굴곡진 위장 구석에 은신하고 있는 악성 종양을 미처 발견하지 못하고 놓쳐버리기라도 하면 큰일 아닌가. 나만 깨어 있으면 의사와 내 위장을 동시에 관리 감독할 수 있을 뿐 아니라 국가에서 시행하는 정기검진을 이용하면 큰 돈 들지도 않으니 일석삼조다.

그러던 내가 처음 프로포폴이라는 것의 맛을 본 건 실손의료보험에 가입한 직후였다. 수면 내시경 비용도 실비 청구가 가능하다는 귀띔을 듣고 신청했던 것이 내 프로포폴 리스펙트의 시작이었다. 프로포폴을 처음 맞았을 때의 기분은 잘 기억나질 않는다. 뭔가를 느끼기에는 순식간에 잠들어버렸다. 얼마 되지 않는 적은 양의 액체가 성인의 몸을 잠재우는 데 단 몇 초도 걸리지 않는다는 게 신묘한 힘으로 다가왔다. 대체 이 요상한 물건이 무엇일까. 더욱 신기한 건 잠든 시간은 불과 20~30분인데 몇 시간 아주 제대로 푹 자고 일어난 듯이 개운한 기분이 든다는 것이었다. 가만히 생각해보니 프로포폴 상습 투약으로 걸린 어느 연예인도 이 비슷한 말을 했던 것 같다. 그럼 나도 중독되고 만 것일까? 불법적으로 상습 투약하기에는 내가 새가슴이라 염려하지 않아도 될 듯했다. 병원중독자이긴 해도 그 정도 분별력과 지각력은 갖췄으니 말이다. 불면증과 우울증에 시달리긴 하지만 내가 연예인도 아니고.

불면증 때문에 한창 힘들던 즈음에 프로포폴을 만난 것이 운명이라면 운명이었다. 수면 부족은 사람의 몸과 마음을 병들게 하는 큰 원인이었다. 잘 먹고 잘 자는 것이 건강을 지키는데 얼마나 중요한지 이 나이쯤 되면 절실하게 깨닫는다. 먹는 거야 인력으로 되지만 잘 자는 건 사람의 노력만으로 쉽지 않다. 격렬히 잠들고 싶은데 그럴 수 없는 사람에게 프로포폴이 이끄는 세상 편한 숙면의 시간은 그 자체로 마법 같았다.

잠이 들면 많은 것들이 평온해진다. 일상에 지친 내 몸이, 수면 부족과 스트레스에 시달리던 내 정신이, 우울감과 바닥난 자존감 때문에 힘겨워하던 내 마음이 대동단결해서 휴식 모드로 들어간다. 프로포폴은 그 달콤한 요람으로 들어갈 수 있도록 문을 열어주는 황금열쇠 같았다. 그러니 존경할 수밖에.

매년 위내시경을 받을 때마다 불온하게도 나는 프로포폴과 맞닥뜨리는 순간이 기대됐다. 누군들 마취약 투여가 8시간 금식조차 즐거운 기다림으로 만드는 이유가 되리라고 예상했을까. 잠들려 아무리 애써도 잠들지 못하던 내가 잠들지 않기 위해 눈 부릅뜨고 필사적으로 버텨도 무기력하게 잠 속으로 빠져들고 말 때의 허무함은 정말 신기했다. 불면의 어두운 악마를 소리 없이 무릎 꿇리는 하얀 액체의 전지전능함이라니!

법적으로 지탄받아 마땅할 프로포폴 상습 투약 연예인들의 선택이 이해가는 측면도 생겼다. 그들은 나보다 더 괴로운 불면의 밤과 우울과 스트레스를 견뎌야 했을 것이다. 다만 넘지 말아야 할 선을 넘은 것이 안타까웠다. 합법적으로 프로포폴의 은혜로움을 만끽하는 일이 내겐 연중행사로 치러지는 내시경 검사인 셈이었다.

나는 수면 마취에 들 때마다 30분 동안 나를 괴롭히던 어둡고 악한 모든 기운도 사멸하는 거라고 믿었다. 육체와 정신의 완전한 방전. 30분 후 다시 눈을 떴을 때 나는 전혀 새로운 기운과 에너지로 채워질 것이라고. 그러고 나면 조금은 더 나은 내가 될 것이라고.

그런데, 그런데… 30분은 찰나에 불과했다. 다시 눈을 뜨면 같은 일상이 반복되니까. 계속 마취된 채 살아갈 것이 아니라면(그럴 수 없다면) 결국 불면의 밤과 우울과 스트레스를 떨쳐내야 하는 일이 온전히 내 몫이라는 현실을 새삼 깨닫는 순간이 다가왔다. 더 잔인하고 참혹하게. 나는 속이 쓰리고 아프던 위장에 큰 이상은 없다는 사실을 확인한 것으로 만족하며 한숨 잘 자고 간다는 생각으로 병원 문을 나섰다.

* 그날의 처방전: 고통스런 불면의 밤을 보내던 시절, 프로포폴은 지친 몸과 마음을 안락한 휴식으로 안내하는 치명적 유혹이었다. 기꺼이 존경을 표하고 싶을 정도로. 하지만 30분의 마취는 일시적 호사에 불과하다는 사실을 잘 알고 있지 않은가. 호사는 호사대로, 현실은 현실대로 살아내야 한다.

내 장례 비용

후배들과 점심을 먹다가 보험 얘기가 나왔다. 암보험과 생명보험, 실손의료보험, 치과보험에 자동차보험 그리고 운전자보험까지 어디가 더 저렴하고 어느 회사 서비스가 더 좋다는 둥 한창 수다를 떨었다. 며칠 전에 응급실에 갔던 얘기를 하면서 실손의료보험 덕분에 돈은 얼마 안 들었다고 하니 늘 지나치게 건강한 것이 불만이라는 여자 후배가 농담처럼 말을 던졌다.

"내가 내는 보험료, 선배가 다 타먹는 거 같아."

말이라고. 그럼 너도 열심히 아프던가! 매달 얼마씩 보험료는 따박따박 나가는데 정작 받는 돈은 없으니 그런 생각이 들 만도 하다. 한데 보험이라는 상품의 원리 자체가 좋게 말하면 우리네 품앗이요, 나쁘게 말하면 복불복 계와 같은 것이다. 불특정다수가 내는 돈을 아픈 누군가에게 '몰빵'해주는, 생각해보면 요상한 셈법이기도 하다. 보험료를 탈 수 있는 방법은 병에 걸리거나 사고를 당하는 수밖에 없으니 무탈한 운명으로서는 본전 생각이 날 때도 있을 것이라고 이해는 한다. 매달 열심히 보험료를 내고 있는 불특정다수가 고맙다. 병원을 제 집 드나들 듯하는 나로선 어림잡아 계산해봐도 지금까지 낸 돈과 받아간 돈의 균형이 시쳇말로 '똔똔'은 되는 것 같으니.

보험의 은혜를 처음 입었던 것은 허리디스크 수술을 했을 때였다. 별 생각 없이 가입했던 실손의료보험이 그렇게 빨리 빛을 발할 줄 몰랐다. 실비는 생각도 못하고 퇴직금 받은 거 병원비로 다 나가겠다고 한숨만 쉬었더랬다.

수술이 끝나고 퇴원이 다가올 때 불현듯 보험 가입했

던 것이 떠올랐다. 부랴부랴 전화를 했고 병원문을 나서자마자 움직이기도 힘든 몸으로 필요한 서류를 떼어다가 팩스로 전송을 했는데 결과는 놀라웠다. 거의 병원비 전체에 육박하는 돈이 통장으로 들어왔다. 큰 수술 하느라 몸 고생 마음 고생했던 고통의 시간을 보상 받은 기분이었다. 이내 돌아오지 않는 다리 신경 때문에 죽어버리고만 싶은 날들이 다시 시작되긴 했지만 1년여에 걸친 재활과 실직 기간을 버티는데 보험이 내주던 돈이라는 놈은 적잖은 힘이 됐다. 아플 때도 외로울 때도 보험이 있으면 조금은 덜 아프고 덜 외롭다는 것도 알게 됐다.

보험이 병든 마음에 도움이 된다는 현실을 깨닫게 된 어느 날 허리보조기를 차고 소파에 앉아 TV 홈쇼핑을 보다가 암보험 상품이 나오는 걸 보고 뭔가에 홀린 듯 또 가입을 했다. 오전에 같은 소파에 앉아서 만약 목을 매면 어디에 줄을 달아야 할까 고민하던 내가 오후에는 암보험에 가입을 하다니. 죽을 때 죽더라도 비굴하게 죽기는 싫다는 게 명분이었다.

그렇게 보험의 라인업을 어느 정도 갖췄다고 자신하며

살아가던 나는 얼마 전 누나 소개로 용하다는(?) 보험설계사 한 명을 소개받았다. 요즘에는 고급지게 FC Financial Consultant라고 부른다. 풀어 설명하자면 보험재무상담사 정도 되는 것 같다. 자꾸 축구 생각이 나는 건 나뿐만이 아니겠지. 그는 내가 가입한 보험 상품을 모두 검토해보더니 매우 '비관적'이라고 전했다. 보험이 비관적이라니. 와닿지 않는 표현이었다. 그가 비관적이라고 한 이유는 우선 암보험의 보장 범위가 협소하다는 것이었다. 고액암 6000만 원 보장이라는 문구만 보고 가입했던 것이 화근이었다. 고액암의 범위에 대장암, 간암, 폐암조차 들어가지 않는 빈 껍데기 상품이라는 설명에 당황하기 시작했다. 그리고 이어진 뼈를 때리는 한 마디.

"지금 당장 돌아가시면 장례 치러줄 자식이 있으신 것도 아니고. 누가 됐든 최소한 본인 장례 치를 돈은 남기고 가셔야 하지 않겠어요?"

사망보험금 얘기였다. 만나기 전까지만 해도 누나 성화에 만나보자 하는 심정이었던 내가 결정적으로 무너진 대목이었다. 그에게서 또 뜻밖의 말이 이어졌다.

"저랑 동갑이시기도 하고 오래전에 이혼하고 저 또한 혼자라 고객님 상황이 남 같지 않아서 드리는 말입니다."

내가 소심한 팔랑귀라는 사실을 눈치 챈 전략가의 고도의 심리전이었을 것이다. 나는 알고도 그 수에 걸려들고 말았다. 죽고 싶다고 늘 생각하면서도 암보험만 덜렁 들어놨던 나는 정작 내 죽음에 대해 무책임했다는 자책에 이르렀던 것이다. 최소한의 준비야말로 나의 죽음과 남겨질 이들에 대한 마지막 예의라 생각했다. 결국 컨설팅에 따라 나는 사망보험금을 넣은 생명보험을 포함해 인생 담보 재설계에 들어갔다. 내 죽음의 가격은 4000만 원으로 책정됐다. 그 정도면 이 한 몸 태워서 자그마한 유골함 하나에 넣어줄 돈은 되겠지. 납골당 입주비도 비싸질 텐데 정 안 되면 내가 좋아하는 동강에 뿌려줘도 되고. 오며가며 고생한 사람들 밥 한 끼 먹일 정도만 남으면 고맙겠다. 누가 그 고생을 하게 될지는 모르지만.

그렇게 일단락되는 줄 알았던 나의 보험 스토리는 또 한 번 뜻하지 않은 벽에 부딪혔다. 동갑내기 FC가 심각한 목소리로 전화를 해서 하는 말이 충격적이었다. 보험 가입이 거절됐어요. 내 돈 내고 가입하려는데 거절됐단다. 이유는 나의 달달한 피 때문이었다. 보험에 가입할 때 모든 피보험자에게는 사전고시의무라는 게 있다. 보험 가입 전에 앓았던 질병이나 현재 치료 중인 질병에 대해 미리 알려야 한다는 건데, 자주 가는 동네 내과에서 의사 권유로 6개월에 한 번씩 체크하던 당화혈색소가 발목을 잡았다. 의사가 분명 당뇨는 아니고 당뇨로 가기 직전이라고 했기 때문에 그것까지 알릴 필요는 없다고 생각했다. 사소하다고 생각했던 것까지 다 잡아내는 보험사의 영험한 능력이라니. 내 비루한 몸을 탓하는 수밖에 없었다.

선택지는 하나였다. 유병자보험으로 가입하는 것. 그것도 마지막 수술을 했거나 입원했던 날짜로부터 2년 경과 후에 가입이 가능하다는 이유로 몇 달을 기다려서야 가입했다. 유병자보험이 일반 보험과 어떻게 다른지는 간단하다. 남들보다 더 내고 덜 받는 것이다. 정부에서는 질병이나 질환 때문에 보험 가입을 거부당하는 이들을 위해 보험사에게 과거 2년간의 치료 이력에 의거해 보험 가입을 받아주라는 지침을 내렸고, 이에 따라 만들어진 것이 유병자보험이다. 아픈 이들을 위한 상품이긴 하지만 보험사 입장에서는 적지 않은 잠재 고객을 새롭게 확보할 수 있는 새로운 블루오션이 아니었을까 싶다. 어쨌든 '유병자'라는 단어에 또 한 번 우울했고 이런 내 처지에 비관적인 생각이 들었다.

"승민 씨, 드디어 가입됐어요. 축하합니다!"

아픈 사람 전용 보험 가입을 허하노라. 너그러운 판결이라도 내린 듯 보험사는 이후 일사천리로 가입 절차를 진행했다. 이게 축하받을 일인지 모르겠지만 막상 가입하고 보니 안도감이 들기도 했다. 사람 마음이 이렇게 알량하다. 다들 그런 식으로 설계사들 계략(?)에 넘어가는 거라며 혀를 끌끌 차는 친구도 있었다. 가입하고도 나 역시 잘한 일인지 아닌지 계속 오락가락했다.

가입한 지 몇 달이 지난 지금은 잘했다는 생각이 든다. 수시로 안부 전화를 걸어오는 FC는 이 얘기 저 얘기 나누다가 보험금을 탈 수 있는데 몰라서 타지 못했던 '건수'를 알려주기도 하고, 보험 청구 일을 대신 도맡아 내 수고를 덜어주기도 했다. 또한 똑똑한 FC는 열 의사, 열 변호사 안 부럽다는 것도 알게 됐다. 고객 서비스 차원이라고 넘기기에는 놀라 자빠질 해박한 의학적, 법률적 지식과 정보로 '생생정보통' 역할을 톡톡히 하는 이였다.

어디까지나 보험은 선택이다. 다만 일단 보험을 가입했다면 그 다음부터는 아는 만큼 타먹을 수 있다는 걸 명심하자. 내가 잘 모를 경우 FC를 좋은 친구로 만들어두면 확실히 도움이 된다. 예를 들어 우리집 목욕탕의 누수로 아랫집에 물이 떨어질 때 내 집과 아랫집까지 뜯어고칠 수 있는 수리비도 보험이 된다면? 나는 몰랐다. 내 보험에 이런 혜택도 있었는지. 나의 절친 FC에게 하소연하듯 얘기했을 때 그는 의미심장하게 웃었는데, 마치 이렇게 속삭이는 듯했다. "전적으로 저만 믿고 따라오시면 됩니다, 고객님."

비록 계약으로 맺어진 관계지만 때로 세상 더없이 든든한 나만의 보험 코디가 될 수 있다는 생각. 어쨌든 보험 가입을 생각하고 있다면 하루라도 일찍, 조금이라도 더 건강할 때 들도록 하자. 나처럼 유병자 신세가 되기 전에.

* 그날의 처방전: 보험은 선택이다. 다만 보험에 기왕 가입했다면 그 다음부터는 아는 만큼 받을 수 있다는 걸 명심하자. 잘 모를 경우 보험설계사를 좋은 친구로 만들어두면 도움이 된다. 그리고 보험 가입을 생각하고 있다면 하루라도 일찍, 조금이라도 더 건강할 때 가입하도록!

의사 앞에서 아는 척 하기

병원도, 의사도 천인천색 만인만색이다. 허리디스크 때문에, 공황장애 때문에, 부정맥 때문에, 누나의 유방암 때문에 온갖 카페에 가입해본 이로서 인터넷에 떠도는 각 병원들의 특징이나 정보를 섭렵했다고 자부한다. 특히 나와 비슷한 처지의 환자들이 어떤 병원의 어떤 의사들을 주로 찾는지, 그에 대한 평가는 어떤지에 관한 가장 생생한 후기를 접할 수 있다는 점이 카페 가입의 주된 목적이기도 하다.

TV 정보 프로그램에 자주 출연하는 ○○○ 의사는 실

제로 보면 개싸가지라는 둥, 명의로 소문난 ○○○ 의사는 진료 2분만에 일어나버린다는 둥, 화면에서는 배우처럼 생긴 ○○○ 의사는 화장 지운 얼굴이 핵충격이라는 둥 웬만한 연예 정보 프로그램보다 재밌을 때도 많다. 그에 더해 각 병원이나 의사마다 대면 진료시 행동 요령과 주의해야 할 사항 등에 관한 꿀팁도 올라온다.

○○○ 의사는 묻기 전에 먼저 말하지 않는 스타일이므로 집요하게 먼저 물어볼 것.

○○○ 의사는 과잉 진료가 많기로 소문난 의사이니 그 자리에서 바로 즉답하지 말 것.

○○○ 의사는 늘 모호하게 얘기하므로 구체적으로 말해달라고 요구할 것.

인터넷 카페까지 가입하는 사람들은 그만큼 절박하고 간절한 환자들이거나 그들의 보호자 혹은 가족이다. 누군가에게는 그냥 우스꽝스런 가십일지 모르겠지만 카페 회원들에게는 저 한 줄 한 줄이 생명수처럼 귀한 정보들이다. 누구보다 끈끈한 동지애로 묶인 카페 회원들은 그 안에서 자신들이 직접 겪고 느낀 것들을 함께 나누는 것만으로도 적지 않은 위안을 얻게 된다.

여기저기 알아보고 오랜 고민 끝에 병원을 선택하고 나서도 과연 이 선택이 최선일까 끝없는 걱정과 의심이 밀려드는 환자들. 첫 진료를 앞두고 긴장과 걱정으로 밤을 지새는 환우들에게 '그 의사 선생님 잘 보기로 유명하니까 걱정 말고 진료 잘 다녀오세요' 하는 동지들의 댓글은 천군만마와 같은 힘을 준다. 죽고 싶다는 글들이 올라올 때마다 특히 눈여겨보게 된다. 몸의 병보다 마음의 병이 더 빨리 진행되는 이들에게 역시 동지들의 댓글이 가장 좋은 약이다. 나도 힘들다고, 그냥 편안히 눈을 감았으면 좋겠다고 글을 남긴 적이 있었다. 공황장애 카페였다. 많은 댓글들이 달렸는데, 그 중에서 기억에 남는 댓글이 하나 있었다.

'같이 죽을래요?'

그 문장을 보자마자 놀라서 내 글을 지웠다. 내 글과 함께 그 댓글도 사라졌다. 이내 연락이라도 해볼 걸 그랬다는 후회가 밀려왔다. 나보다 더 심각한 상황은 아닐까, 어떤 식으로든 그 사람 마음을 돌릴 수 있도록 뭐라도 했어야 하지 않을까. 아픈 이들에게 희망의 샘이 돼준다고만 생각했던 카페의 부작용에 대한 첫 경험이었다.

부작용은 정신과 진료를 갔던 어느 날에도 예기치 못한 형태로 나타났다. 심장의 맥이 한 번씩 멈췄다가 빨리 뛰는 부정맥 같은 증상으로 극도의 공포감을 느끼고 있던 나는 카페에서 그와 관련된 정보들을 찾아봤고, '기외수축'의 한 현상이라는 걸 접하게 됐다. 공황장애 환자들이 종종 겪게 되는 현상으로 흔히 우리끼리는 '심장이 널뛴다'고 표현한다. 그러니까 정상적으로 뛰어야 하는 박동 외에 불규칙하게 뛰는 상태를 말하는 것이다. 그때는 기외수축이라는 단어만으로도 대단한 병명처럼 느껴져 더 무섭고 섬찟했다.

의사를 만나자마자 나는 기외수축이 자꾸 일어나서 몹시 힘들고 무섭다고 털어놨다. 그리 친절한 성격은 아니었지만 그날따라 유달리 의사의 표정이 냉랭했다. 내가 무슨 실수라도 한 것일까 싶어 말끝이 기어들어갔다.

"기외, 뭐라고요?"

시선도 안 마주친 채 컴퓨터 모니터만 보며 그녀가 되물었다. 기, 외, 수, 축, 이요…. 그러자 피식 웃는 의사. 내 말 속에 그녀의 기분을 상하게 한 무언가가 있다는 확신이 들자 나는 그대로 얼어버렸다.

"글쎄요, 기외수축이란 게 뭔지를 모르겠네요."

예상치 못한 답변이었다. 네이버 지식백과에도 나와 있는 용어를 국내 최고라 부르는 대학병원 정신과 전문의가 모를 리 없었다. 잠시 후 그녀의 반응에 대한 힌트가 나왔다.

"조기수축이라고는 들어봤지만요."

보다 정확하고 공식적인 의학용어는 조기수축이라는

것을 나중에야 알았다. 의사는 의학적이지도 못한 표현으로 어설프게 아는 체 했던 내가 우스워 보였을 것이다. 그냥 심장이 이상하게 널뛰어요, 라고 했다면 잘 알아들었을 텐데 주워 담은 풍월로 아는 척 했다가 서늘한 반응만 초래했던 것이다. 물론 그날따라 다른 이유로 의사의 신경이 날카로웠던 것인지도 모르지만.

* 그날의 처방전: 어딘가 아플 때 정보와 위안을 얻기 위해 카페 활동을 하는 것은 많은 순기능을 가진다. 다만 그 안에서 주워 담은 정보와 지식은 그들만의 언어로 소통되기 때문에 외부 세상에서는 가끔씩 통신 오류를 초래할 수 있다. 우리의 고통이나 다급함과는 상관없이 전문가에게는 어쭙잖은 '아는 체'로 비칠 수 있는 것.

경동시장과 보령약국

약을 밥처럼 먹었던 적이 있다. 한창 몸이 아프고 마음까지 지칠 때였다. 밝히고 싶지 않은 가족사지만 할머니가 만신, 무당이었다. 이유 없이 여기저기 아프니 신을 받아야 하는 것 아닌가 하는 생각까지 들었다. 정말 신병이면 어쩌나 걱정이 돼 잠을 더 못 이루는 악순환이 계속됐다.

가슴이 아프고 두통이 심하고 숨이 안 쉬어지고 누군가에게 두들겨 맞은 듯 온몸이 쑤시고 팔다리가 저리고 소화가 안 되고 속이 아프고 설사가 잦고 눈이 아리고 열은 이명까지 들리니 사람이 살 수가 없었다. 누군가 심각하게 내림굿을 받으라고 하는데 정신이 번쩍 들었다. 어지간하면 운명에 순응하는 성격이지만 설령 운명이라도 접신의 경지만큼은 피하고 싶었다. 무속신앙을 무시하는 것이 아니라 당시만 해도 나름대로 이루고 싶은 꿈들이 컸기 때문이다. 예를 들어 글을 써서 소설가로 데뷔하는 것. 내 이름을 박은 책을 내는 것.

지푸라기라도 잡는 심정으로 이 약, 저 약을 찾았다. 어떤 약은 약국에만 가도 살 수 있었고 처방전이 있어야만 구입이 가능한 약도 있었다. 동네 병원에 몇 차례 가봤지만 큰 이상은 없다고 해서 진료는 포기하고 인터넷을 뒤져 각 증상들에 도움이 된다는 약과 자연요법을 찾아냈다. 그때 자주 갔던 곳이 경동시장과 종로5가 보령약국이었다. 경동시장은 각종 약재들을 싸게 살 수 있는 곳이고, 종로5가의 즐비한 약국들은 동네 약국보다 더 다양한 종류의 약을 비교적 저렴한 가격에 팔았다. 작은 약국에서는 구하기 힘든 약도 그곳에 가면 '백퍼' 구할 수 있다는 점도 발길을 이끄는 이유였다.

많이 챙겨 먹었을 때는 약 종류가 20가지도 넘었다. 위장약, 영양제, 유산균, 근육이완제, 소염진통제, 수면유도제 같은 양약에 면역력을 높이기 위한 홍삼과 어혈瘀血에 좋다는 소나무 담쟁이덩굴, 남자의 기력을 보해준다는 야관문, 심신을 안정시킨다는 감초에 염증 반응을 줄여준다는 머위 등등 기억조차 할 수 없는 약초들까지. 그 많은 약과 약초들을 구하느라 경동시장과 종로5가를 번질나게 다녔던 게 몇 해였는지 모른다.

TV 건강 정보 프로그램도 열심히 챙겨 봤다. 뭐 하나 꾸준히 먹었을 뿐인데 병이 씻은 듯이 나았다는 이들의 간증이 나올 때마다 나는 그 신비의 만병통치약을 찾아 이곳저곳을 헤매곤 했다. 경동시장이나 종로5가에서도 구할 수 없는 것들, 혹은 국내 가격보다 외국 가격이 저렴하다고 한 것들은 해외직구를 통해 물 건너까지 쇼핑을 하기에 이르렀다. 그런데 그런 프로그램이 나올 때면 같은 시각 홈쇼핑 어느 채널에선가 비슷한 성분으로 채운 건강보조식품을 판매하고 있는 경우가 적지 않다는 불편한 진실을 알게 됐을 때의 비통함이란. 그 뻔한 상술에도 상품의 매진 행렬이 이어지는 걸 보면 나 같은 '호갱'이 참 많은 모양이다.

그래서 어떤 변화가 있었을까. 변한 것은 하나였다. 눈에 띄게 나빠진 간수치. 내 몸 살리자고 꾸역꾸역 밀어 넣던 숱한 약은 소중한 간을 괴롭히고 망가뜨렸다. 무분별하게 노출돼 있는 건강 정보들을 왜 그리 순진하게 다 믿었을까. 건강염려증이 불러온 과도한 약물 의존이라는 것을 정신과 진료를 시작하고서야 알아챘다.

정신과 의사는 약을 다 끊으라고 했다. 정 먹고 싶으면 비타민C 정도 챙겨 먹으라며. 별 득된 것도 없이 간수치만 나빠졌는데도 나는 쉽사리 그 약들을 포기하기가 불안했다. 건강을 위해 뭔가를 챙겨 먹고 있다는 것 자체를 스스로 위안 삼았던 것 같다.

병원에서 돌아와 그동안 먹었던 약병들과 남아있는 약초들을 식탁 위에 꺼내봤다. 가관이었다. 사놓기만 하고 먹지도 못해 곰팡이가 피거나 말라비틀어진 것도 적지 않았다. 먹다 만 채 반 이상 남은 약병들도 수두룩했다. 내가 지금까지 무슨 짓을 한 것인지 소름이 돋았다.

몸에 해가 되는지 득이 되는지도 모르고 무작정 먹어대느라 들어간 돈은 또 얼마인지. 정말 내 꿈을 생각했으면 그 돈으로 책 한 권을 더 사든가 낡은 컴퓨터라도 바꿨을 일이다. 봉투에 쓸어담는 순간 만병통치약들은 한낱 쓰레기가 됐다. 아무리 좋은 약도 내 몸에 안 맞으면 쓰레기일 뿐인 것을 내 불안이, 내 염려증이, 정보들에 대한 과도한 집착이 빚어낸 막장 투약 드라마.

지금도 경동시장과 보령약국은 가끔 간다. 하지만 예전처럼 무턱대고 쓸어담지는 않는다. 경동시장은 산책삼아, 사람 구경삼아 가고 보령약국에는 탈모약을 사러 가끔 간다. 내 몸 위한 약과 약초를 구하러 갈 때는 미처 보지 못했던 풍경들이 요즘에는 눈에 들어온다. 그중에서도 나처럼 어딘가 아프고 괴로워서 간절한 마음으로 찾은 이들도 보인다. "이게 정말 혈압에 좋아요?" "이거 먹으면 당뇨가 싹 낫는다던데?" 하며 주인에게 묻고 또 묻는 사람들. 주인들의 말은 한결같다. "그럼요, 한 번 잡숴봐. 진짜 좋다니까." 마음이 나약해져 있을 때는 진실을 판가름하는 이성 역시 나약해지기 마련이다. 때문에 남의 말을 더 쉽게 믿는다. 아니, 믿고 싶어진다. 주인들이라고 손님을 속여 물건을 팔 요량은 분명 아닐 것이다. 뭘 사가든 그걸 먹고 자신의 가게를 찾은 손님들이 건강해지길 바라는 마음은 진심이겠지. 하지만 그들은 약초에 대해 우리보다 '조금 더' 아는 사람들일 뿐이지 의사도, 약사도 아니다.

TV 프로그램에 나오는 의사들도 마찬가지다. 그들은 의사이긴 하지만 내 몸과 마음에 대해서는 전혀 모르는 이들이다. 나에 대해 전혀 알지 못하는 그들의 말을 마치 모든 진리인 양 믿는 것은 치명적인 일반화의 오류다. 적어도 건강 문제에 있어서만큼은 대단히 위험한 일이라는 말이다. 홈쇼핑에서 파는 무수한 건강보조식품 역시 사람들의 심장을 후벼파는 구구절절한 멘트로 우리를 현혹하지만 설령 구입하고 싶더라도 한 번 참았다가 의사와 상의 후에 결정하는 것이 좋다. '원료에 대한 효과이지 제품의 효과는 아님'과 비슷한 식의 주의 문구가 화면 어느 구석, 깨알 같은 글씨로 잠깐 나타났다 사라지는 경우도 종종 본다. 제품 자체의 효과는 장담할 수 없으며 개인차에 따라 다를 수 있다는 평범한 사실을 가장 비겁한 방식으로 노출하지만 제품에 홀리면 눈에 잘 안 들어온다.

지금 이 순간도 많은 이들이 좋은 약을 찾아 경동시장으로, 종로5가로 다리품을 팔고 있을 것이다. 가기 전에 심호흡 한 번 하고, 이 표어 한 번만 되뇌고 가길. 약은 약사에게, 진료는 의사에게. 치유는 약으로부터 시작되는 것이 아니라 원인을 정확히 아는 것에서부터 시작된다는 사실도 말이다.

* 그날의 처방전: 약은 약사에게, 진료는 의사에게. 치유는 약으로부터 시작되는 것이 아니라 원인을 정확히 아는 것에서부터 시작된다. 아무리 좋은 약도 내 몸에 맞지 않으면 쓰레기일 뿐이다.

약

우리 동네 단골 내과

대학병원과 트렌디한 한의원 찾는 것을 좋아하지만 가장 많이 가는 곳은 역시 우리 동네 단골 내과였다. 감기에 걸려도 소화가 안 돼도 어지럽거나 두통이 있어도, 심지어 피부에 이상이 생겼을 때조차 그곳을 찾는다. 그곳에는 할아버지 의사 선생님이 있는데 우리 아버지에게서는 평생 찾아볼 수 없었던 진짜 아버지 같은 인자한 표정으로 맞아준다. 늘 따뜻한 정이 느껴져 한 번 두 번 찾기 시작하면서 어느새 단골 환자가 됐다.

그곳에서 처음 고혈압 약을 처방받기 시작했다. 어련

히 알아서 혈당과 당화혈색소를 체크해주었고, 가슴이 답답하다고 하면 심전도를, 피로하다고 하면 피검사도 바로바로 해주니 어느새 내 몸을 믿고 맡기는 주치의가 됐다. 한 달이 멀다 하고 얼굴 도장을 찍느라 간호사들도 가족 같이 친해져서 보험사 청구용 서류도 척척 떼주고 가끔 간식도 나눠줄 정도였다. 나도 가끔씩 커피나 빵 같은 주전부리를 사다 주며 고마움을 표하기도 했다.

그렇게 몇 년을 다니다 보니 의사는 내 개인사에 가족사까지 속속들이 알 정도가 됐다. 감기 때문에 갔다가 아버지와 다퉜던 하소연을 하기도 하고, 소화제 처방 받으러 갔다가 요즘 일이 안 풀려서 속상하다는 푸념을 늘어놓기도 했다. 그럴 때마다 의사는 묵묵히 내 이야기를 들어주다가 인생 선배로서 조언을 내주기도 하고 친구처럼 함께 뒷담화를 해주기도 했다.

환자의 성격이나 심리적 상태를 파악한다는 것은 의사에게도, 환자에게도 상당히 도움이 된다는 걸 단골 내과를 다니면서 느꼈다. 가장 좋은 점은 나에 대해 구구절절히 설명하지 않아도 된다는 것이었다. 건강염려증에 소심하고 예민한 성격까지 더해진 나라는 사람에 대해 누구보다 잘 이해하고 있는 의사는 내가 어떤 이유로 병원을 찾든 최대한 마음의 안정을 찾을 수 있는 방향으로 진찰을 하고 상담을 해준다. 일종의 맞춤 처방이랄까.

어떤 의사들은 얼굴 표정에서부터 '용건은 최대한 간단히, 불필요한 대화는 사절'이라고 써붙인 이들이 적지 않다. 그런 의사 앞에서는 '어제 독한 마녀 때문에 스트레스를 너무 받아서 그런지 저녁 때 먹은 라면이 단단히 얹혀서 마치 화병 걸린 것처럼 속이 답답하고 메스꺼워요. 게다가 머리까지 어질어질하고 감기라도 걸린 것처럼 여기저기 쑤시는 것 같은데 그럼 체한 것과 감기가 함께 온 것일 수도 있지 않을까요? 전 의사 앞에만 있으면 늘 떨리고 긴장되는데 왜일까요?'라며 두서없이 떠들었다가는 따가운 눈총만 돌아올 게 뻔하다.

단골 내과 의사는 이런 얘기까지 다 들어준다. 그러고는 친절하게 많이 속상했겠군요, 하면서 마음의 위안까지 함께 내준다. 소화제나 감기약 처방전이 병원마다 다르면 얼마나 다르겠는가. 의사의 온정 담긴 한 마디에 어느새 속이 가라앉고 눅신하던 몸에서 긴장이 빠져나가는 심리 처방 효과를 곧잘 경험하는 나로서는 이런 병원에 발길이 더 끌리기 마련이다.

고혈압 약 처방받으러 갔는데 사람이 많아서 한 시간 이상 기다려야 한다거나 갑자기 급한 일이 생겨 더 기다릴 수 없는 상황이 됐을 때, 이런 순간에도 단골 내과 덕을 톡톡히 보게 된다. 기다릴 여유가 없다고 사정을 얘기하면 진료 순서를 조정해 처방전을 바로 내주기도 하는 것이다. 의사와 속풀이 수다를 못 떠는 건 아쉽지만 시간 절약을 제대로 할 수 있으니 다른 병원에서는 기대하기 힘든 특별 서비스인 셈이다.

그렇게 몇 년 동안 다닌 단골 내과였지만 결국 그곳에서도 내 몸에 나타나는 이상한 현상들의 원인을 속 시원히 밝혀주지는 못했다. 그리고 공황장애인 줄 모른 채 도저히 견디다 못해 대학병원에 입원했던 나는 조금 충격적인 이야기를 듣게 됐다. 단골 내과에서 고혈압 판정을 받고 수년째 약을 복용해오고 있던 내게 혈압 약을 더는 복용하지 않아도 된다는 진단이 내려진 것이다. 입원해 있는 며칠 동안 보다 입체적인 협진을 통해 그동안 나를 괴롭혀왔던 증상들의 원인을 찾던 중 24시간 기록되는 내 혈압이 모두 정상으로 나왔던 것이다. 동네 내과에서도 혈압을 늘 쟀지만 그때마다 정상 혈압보다 약간씩 높게 나왔는데 뭔가 이상했다.

"백의성 고혈압이에요. 흰 가운 입은 의사만 보면 긴장을 하거나 해서 혈압이 다소 높게 나온다고 해서 백의성 고혈압이라고 하죠."

그러니까 결국 내 소심하고 예민한 마음이 혈압을 올렸다는 뜻이다. 아무리 친절하고 가족 같은 의사라 할지라도 의사는 의사였던 모양이다. 의사는 혈압 약을 지어먹었다는 동네 내과 의사가 집에서도 혈압을 재보라고 하지 않았냐고 물었다. 고개를 가로젓는 나를 보며 대학병원 의사 역시 고개를 가로저었다. 가정용 혈압계로 집에서 꾸준히 혈압 체크만 했어도 어느 정도 파악할 수 있었을 텐데, 하는 의사의 말이 야속하고 씁쓸하게 들렸다. 생각해보면 나를 편안하게 해주는 의사였음에도 불구하고 혈압을 잴 때만 되면 여지없이 심장이 쿵쾅거리며 긴장했다. 특히 내과에는 기본적으로 접수 데스크 옆자리

같은 곳에 자동 혈압 측정기가 비치돼 있는 곳이 많은데, 사람들이 다 쳐다보는 가운데 혈압을 잴 때면 수축기 혈압이 기본 150을 찍었다.

6년 동안 먹던 고혈압 약을 하루아침에 끊으려니 마음이 이상했다. 갑자기 혈압이 치솟아 혈관이라도 터지면 어쩌지 하는 멍청한 불안감이 들 때마다 인터넷으로 구입한 가정용 혈압계로 혈압을 쟀다. 정말 한결같이 정상이었다. 참 알다가도 모를 내 마음. 혈압도 결국 마음의 병이었다고 생각하니 이렇게 생겨먹은 내 처지가 더 비루하게 느껴졌다. 평생 먹어야 하는 줄 알았던 약을 끊게 된 것에 고마워해야 함에도 불구하고.

협진 이후 정신과 진료가 시작됐고 이후 동네 단골 내과를 갈 일이 없어졌다. 살짝 원망도 들긴 하지만 그래도 우리 동네 단골 내과는 내게 내과인 동시에 외과이기도 했고, 피부과이기도 했으며 정신과도 돼주었던 곳이다. 친절했던 의사 선생님이 환자 하나 떨어져 나갈까봐 나름대로 나를 관리했던 것이라고 생각하고 싶지는 않다. 그렇다 해도 단골 내과 하나 정도 있는 건 여러모로 편할 때가 많다. 다만 건강한 진료 문화를 위해, 그리고 나를 위해 한 번씩 병원을 바꿔주는 노력도 필요하다는 생각에 이르렀다. 나도 내 속을 모르는데 의사 속을 어찌 다 알겠는가.

* 그날의 처방전: 가까운 동네에 편히 찾을 수 있는 단골 병원 하나 있는 것은 큰 도움이 된다. 다만 건강한 진료 문화를 위해, 그리고 자신을 위해 한 번씩 병원을 바꿔주는 노력도 필요하다.

죽을 것 같지만 죽진 않아

공황장애 01　점심 먹다 뛰쳐나온

디스크 수술을 하고 어느 정도 회복한 후 작은 편집기획사를 차린 지 얼마 되지 않았을 때였다. 4월의 어느 봄날, 나는 점심을 사겠다는 동료를 따라 가까운 샐러드 뷔페로 향했다. 식당에 도착해 자리를 안내받고 음식들 거덜 내러 가자며 수선 부리는 사이, 이상하고도 기분 나쁜 냉기가 가슴을 훑고 지나갔다. 갑자기 식은땀이 나면서 숨 쉬기가 힘들어지더니 이내 머리가 어지럽고 심장이 제멋대로 쿵쾅거리기 시작했다.

"어디 안 좋아?"

동료가 접시를 내려놓으며 물었다. 나는 웃으며 고개를 저었다.

"아니, 괜찮아. 오랜만에 뷔페 와서 위장이 놀랐나봐."

나 때문에 식사 분위기를 망칠까봐 스멀스멀 올라오는 불편한 기운을 애써 눌러앉히며 버텼다. 하지만 점점 더 숨 쉬기가 힘들어지면서 가슴이 조이듯 아파오더니 어두운 블랙홀 속으로 빨려 들어가듯 정신까지 혼미해지기 시작했다. 심정지, 심장마비, 뇌출혈 같은 섬뜩한 단어들이 떠오르는 것과 동시에 머리끝부터 발끝까지 전율처럼 차오르는 두려움이 온 감각을 지배했다. 죽음 직전에나 느낄 법한 비현실적인 공포였다.

멀쩡히 밥 먹으러 와서 순식간에 이상 행동을 보이는 나 때문에 동료들은 놀라고 당황했다. 이대로는 안 되겠다는 생각이 들어 나는 필사적으로 자리에서 일어나 밖으로 뛰쳐나갔다. 곧바로 택시를 잡아타고는 거의 울먹이는 듯한 소리로 택시 기사에게 가까운 병원 응급실로 가달라고 외쳤다. 병원으로 가는 택시 안에서도 어떻게

든 상태를 진정시키려고 애썼지만 몸도 마음도 이미 완전히 통제를 벗어난 상태였다. 가는 도중에 어떻게 되는 것은 아닐까, 어머니한테 마지막 문자 메시지라도 남겨야 하지 않을까. 별별 생각들이 컴컴한 머릿속에서 번개처럼 점멸했다.

심상치 않은 내 모습에 택시 기사는 신호등까지 무시하고 내달렸다. 택시 운전자가 내 마지막을 지켜보는 유일한 사람이 될지 모른다는 생각에 그 와중에도 나는 덜덜 떨리는 손으로 휴대폰의 비밀번호를 풀어놨다. 그런데 상계백병원 응급실에 도착할 때쯤 거짓말처럼 모든 증상이 가라앉기 시작했다. 당장이라도 숨이 끊어질 것처럼 이어지던 모든 반응이 20여 분만에 저절로 진정된 것이다. 그래도 끔찍한 공포의 수렁 속에서 여전히 헤어나오지 못하고 있던 나는 의사를 만나 방금 전 겪었던 상황을 얘기했다. 의사는 기존에 심장질환이나 특별한 병력이 있었는지를 물었다. 검사해본 적은 없었고 이런 경우도 처음이라고 했다. 엑스레이 검사와 피 검사, 소변검사, 심전도 등의 기본적인 검사가 이뤄졌고 결과가 나오기까지 두 시간 정도 침대에 누워 안정을 취했다.

검사 결과 이상무. 심전도도 깨끗하고 심혈관 질환을 의심할 만한 수치도 정상이라고 했다. 분명히 죽을 것 같은 고통을 느꼈는데 아무 이상이 없다고 하니 양치기 소년이라도 된 것 같았다. 뭔가 더 검사를 해봐야 하지 않겠냐고 하자 그럴만한 지표가 아무것도 없다며 정 불안하면 외래를 잡고 다시 오라는 말뿐이었다. 의사는 역류성식도염 때문에 심장이 자극 받아서 그럴 수 있다면서 약 처방전을 내주었다. 그 난리를 치면서 응급실까지 갔던 나는 역류성식도염 약을 들고 집으로 돌아왔다. 뭔가에 홀린 기분이었다. 진이 빠져 그대로 침대에 쓰러져 잠이 들었다가 저녁 때 깨보니 동료들에게 전화가 여러 번 와 있었다.

그날 이후 오랜 시간에 걸쳐 나를 괴롭혀온 이상한 변화들에 대해 아무한테도 말하지 못했다. 누군가는 엄살이라고도 할 것이고 누군가는 자신도 매일 아프다며 한술 더 뜰 게 뻔했기 때문이다. 나를 덮쳤던 공포를 눈앞에서 목격한 유일한 증인은 오직 택시 기사뿐이었다.

화창하던 4월의 어느 봄날, 나의 마음병은 그렇게 처음 시작됐다.

* 그날의 처방전: 공황장애를 앓고 있다고 얘기하면 코웃음 치는 이들이 있다. 직접 겪게 되기 전까지는 나 역시 그런 사람이었다. 신호까지 무시하며 내달려준 택시 기사가 그래서 더 고맙다. 때론 생판 남이 아픈 영혼의 은인이 돼줄 때가 있다.

TAXI

나쁜 것만 물려주신 아버지

한량처럼 살았던 아버지와 그리 돈독한 부자지간이 아니었다. 아버지 또한 자식들에게 존경 같은 걸 바라지 않았다. 내 인생은 나의 것, 네 인생은 너의 것. 그런 생각으로 평생을 살았던 아버지였기에 젊은 시절 처자식 외면하고 밖으로 나도는 시간이 많았다. 덕분에 어머니 고생은 말할 것도 없었고, 자식들의 원망은 점점 단절의 벽으로 쌓였다.

배우 같다는 소리를 들었을 정도로 인물이 훤했던 아버지는 그 시절부터 명동과 이태원으로 쇼핑을 다닐 만큼 '패피'이기도 했다. 심지어 육체미 대회에 출전했을 만큼 '몸짱'이었으니 따르는 여자들도 적잖았다. 많은 세월 어머니가 맘고생 꽤 했다는 얘기는 훗날 웃으면서 씹어대는 껌 같은 스토리가 됐다.

그런 아버지도 못된 유전자로 인해 힘없고 병약한 뒷방 늙은이처럼 변해갔다. 고혈압과 당뇨로 촉발된 노화의 시작은 허리디스크와 퇴행성관절염을 거쳐 심장 기능 저하와 한 쪽 눈의 실명으로 이어졌다. 가족들이 더 답답해했던 것은 그런 상황에서도 식습관 개선이나 금연, 운동 등의 노력을 전혀 하지 않았다는 점이었다.

"냅둬라. 그냥 이대로 살다 갈라니까."

툭하면 내뱉는 무책임한 말. 당신을 위해서가 아니라 가족을 위해서 노력하라는 얘기라고 화를 냈던 기억도 난다. 병든 당신 뒤치다꺼리할 가족은 아무도 없으니까 알아서 하라는 포악까지 떨어도 요지부동인 아버지 앞에 결국 두 손 두 발을 다 들었다. 덕분에 아버지의 말년은 아프고 힘겨웠다. 스스로 자초한 일이었고, 자신이 택한 길이었다. 허리와 다리 통증으로 걷기조차 힘들어진 와중에도 아버지는 당시 어르신들 사이에서 당뇨를 잘 본다고 소문이 났던 을지병원까지 택시를 타고 다니면서 꼬박꼬박 약을 챙겼다. 심지어 가족들한테는 알리지도 않은 채 싸구려 수액이라도 맞아야겠다며 가족들 몰래 입원을 강행하기도 했다.

직장 출퇴근을 핑계로 본가에서 독립한 데는 그런 아버지를 보기 힘들어서이기도 했다. 결국 현실 도피였다는 것을 부인할 수 없지만. 막내아들인 내가 집을 떠난 후 아버지의 수발과 뒷감당은 온전히 어머니 몫이 됐다. 늙고 병든 아버지는 성격까지 괴팍해져서 어머니의 스트레스가 만만치 않았다. 보다 못한 누나와 나는 잠시나마 어머니를 아버지로부터 떨어뜨려놔야겠다고 작정하고 근처 요양병원에 모셨다. 그저 며칠이라도 어머니를 쉬게 할 요량이었다. 모두가 떠난 집에서 아버지 혼자 가버릴 줄은 몰랐다. 그처럼 덧없이 우리 곁을 떠날 줄은.

이틀 동안 아버지가 전화를 받지 않아 퇴근 후 혹시나

하는 마음으로 집으로 갔다. 가는 길에도 별일 있겠냐는 심정으로 최신곡 리스트를 들으면서. 집에 도착하니 반쯤 열린 창문으로 불 켜진 거실이 보였지만 초인종에도 전화에도 아무 기척이 없었다. 그제야 불길한 예감이 든 나는 112와 119에 신고를 했고, 거의 동시에 도착한 경찰과 구급대원들이 쇠창살을 뜯어낸 후 집 안으로 진입했다. 식탁 위에는 먹다 만 밥과 반찬이 그대로였고 바닥에는 국그릇이 나뒹굴고 있었다. 아버지는 엉거주춤하게 구부린 채 옆으로 누운 자세로 화장실에서 발견됐다. 싸늘하게 굳은 시신으로. 나는 눈물조차 나오질 않았다.

아버지를 안치실에 놔둔 채 가족들은 모두 경찰 조사를 받았다. 혼자 계시다 변을 당한 상황이라 기본적으로 거쳐야 되는 절차라는 게 경찰의 설명이었다. 최초 발견자였고, 최근까지 아버지와 함께 살았던 나에 대한 조사가 가장 길었다. 경찰은 아버지와의 관계에 대해 물었고 서로 금전 관계나 불화의 여지는 없었는지 캐물었다. 특별히 좋은 것도 없었지만 특별히 나쁜 것도 없었다고 했다. 긴 조사가 끝나고 원인불명의 급사로 결론지어진 후 가족 모두가 부검을 원치 않는다는 자필 서류를 제출하고 나서야 장례를 치를 수 있었다. 3일장을 지낸 후 아버지의 관은 서울시립승화원으로 옮겨 화장을 했다. 78kg의 사람 한 명이 다 타버리는 데는 한 시간 남짓밖에 걸리지 않았다. 화장이 끝나고 유골함을 받기 위해 기다리는데 작은 사각의 창 안쪽에서 직원이 물었다.

"갈아드릴까요?"

얼떨결에 '네'라고 대답했고, 잠시 후 한 줌 재로 변한 아버지가 유골함에 담겨 내게 건네졌다. 그때는 몰랐다. 유골함에 넣어 안치할 때는 습기 문제로 유골을 분쇄하지 않고 그대로 담아 봉인하는 게 좋다는 것을. 고운 가루를 강물 위에 뿌리는 드라마 속 장면들만 떠올렸던 탓이었다. 급하게 구한 근처 납골당에 아버지를 모시는 것으로 장례는 끝이 났다. 허리디스크 수술하고 새롭게 일을 시작한 지 6개월만의 일이었다.

시간이 지나고도 몸이 안 좋을 때마다 아버지를 원망

했다. 나쁜 것만 물려준 아버지라고. 고혈압인 것도 당수치가 자꾸 올라가는 것도 다 아버지 때문인 것 같았다. 마음병이 깊어지는 데도 아버지가 한몫 했다고 생각했다. 공황장애 증상이 점점 심해져 급기야 입원까지 하게 된 후 함께 있던 환자들이 다 빠져나가 잠시 혼자가 된 3인 병실에서 갑자기 폭풍 같은 눈물이 터져나왔다. 내가 겪고 있는 끔찍한 공포와 고통, 단절감, 절망, 희망의 부재, 바닥을 치는 자존감…. 그 무수한 감정들의 중심에서 아버지가 보였다. 혼자 남겨진 채 외롭고 무섭게 맞았을 당신 죽음의 순간이 내 공포 위에 오버랩 되는 순간 나는 아버지를 보낸 후 처음으로 오열하고 말았다. 마침 병실에 들어왔던 순환기내과 레지던트 의사가 놀라서 왜 그러냐고 물었다. 무릎 까진 아이처럼 울면서 말했다.

"아버지를 갈아버렸어요. 제가, 우리 아버지를, 갈아버렸다고요…."

가슴을 움켜쥔 채 가쁜 숨을 몰아쉬며 울부짖는 나를 보던 의사가 간호사에게 조용히 지시했다.

정신과 협진 요청이었다.

* 그날의 처방전: 아버지는 가장 쓸쓸하고 무서운 방식으로 세상을 떠났다. 아버지를 생각할 때마다 불효자는 운다. 전화만 일찍 걸었더라도…. 후회가 밀려와도 소용없다. 떠난 자는 돌아오지 않으니까. 오늘 한 번 더 어머니에게 안부 전화를 걸어야겠다.

신병까지 의심하며 괴로워했던 증상들이 결국 정신적 문제 때문이었다는 것을 알게 되는데 꽤 오랜 시간이 걸렸다. 119에 살려달라고 신고하고 응급실로 실려 가기를 여러 번. 그 사이 속은 더 곪아갔다. 이대로는 도저히 안 될 것 같아서 서울대학교병원 순환기내과를 찾았을 때 의사는 며칠 입원을 해서 검사를 해보자고 권했다. 아버지가 심장 이상으로 갑작스럽게 돌아가셨다고 하니 이참에 심장에 대한 정밀검사도 진행하자고. 이미 지칠 대로 지친 내게는 마지막 선택이었다.

병원에 입원해 순환기내과와 신경과 등 여러 과의 협진이 이뤄졌다. 피 검사와 소변 검사, 엑스레이 같은 기본적인 검사를 비롯해 내시경 검사, 24시간 홀터 심전도 검사, 운동 부하 검사, 심장 초음파, CT, 기립성 저혈압 검사 등이 진행됐다. 계속해서 심장이 잠깐씩 멈추는 것 같다고 하니 부정맥을 잡기 위한 시술 계획도 잡혔다.

부정맥은 심장을 뛰게 하는 전기적 신호 체계에 이상이 생겨 심박동 수가 정상 범위보다 느려지거나 빨라지거나 불규칙해지는 것을 말한다. 부정맥이 있다고 다 치료를 해야 하는 건 아니다. 불편함이 조금 느껴질 뿐 생명에는 큰 지장이 없는 경우가 있다. 물론 간혹 돌연사로 이어질 수 있는 위험한 부정맥도 있어서 정확한 진단이 선행돼야 한다. 문제는 시도 때도 없이 나대는 심장이 병원에만 가면 잠잠해진다는 것이었다. 그런 경우가 워낙 많다 보니 필요하다고 판단되면 하루 종일 휴대용 심전도를 몸에 부착해 기록하는 24시간 홀터 심전도 검사라는 것을 진행한다. 한데 며칠에 한 번 꼴로 증상이 나타날 경우 이마저도 무용지물이라 아예 인위적인 부정맥 현상을 일으켜 치료하는 부정맥 시술을 시행한다.

사타구니 아래쪽으로 전극도자를 삽입해 부정맥 유발 부위를 절제하거나 괴사시키는 방식이라서 시술에 앞서 주요 부위를 깨끗하게 제모해야 했다. 마땅한 장소도 없어서 침대 커튼을 치고 간호사가 건네준 의료용 제모 크림으로 그곳의 털을 밀어야 하는 상황이 웃기고 슬펐다. 전문 숍에서 받는 브라질리언 왁싱도 아니고, 주사 바늘과 심전도 측정 장비를 몸에 주렁주렁 단 채 환자복 바지를 내리고 민망한 부위를 제모할 때의 심정이라니. 그래도 이 번잡스러운 시간을 거치고 나면 몸도 마음도 건강해질 것이라는 희망으로 불편한 의식을 행했다. 생각과 달리 들쭉날쭉 지저분하게 깎인 그곳을 보니 마치 내 인생처럼 느껴졌다.

내가 정상이 아니라고 생각하는 것과 정신과 진료를 받는다는 것은 전혀 다른 차원의 문제였다. 몸이 아프고 마음이 힘들면서도 내 정신에 문제가 있다고 생각하지는 못했다. 의사가 정신과 진료 이야기를 꺼냈을 때도 쉽사리 납득할 수 없었다. 몸에 대한 자존심보다 마음에 대한 자존심이 더 셌던 모양이다.

“검사 결과 심장에도 이상이 없고 맥도 깨끗합니다. 간혹 맥이 엉키는 경우가 모니터에 잡히긴 했는데 그건 부정맥과 상관없습니다. 환자분의 심장과 맥은 모두 건강해요.”

순환기내과 의사가 유치원 원아들을 가르치듯 과장된 손짓까지 섞어가며 해맑은 표정으로 얘기를 했는데, 몰래카메라라도 당하는 것 같은 기분이었다. 뭔가 확실한 병명이 나올 줄 알았던 기대가 무너진 대신 ‘그럼 대체 왜?’라는 의문이 꼬리를 물었다.

“아무래도 정신적인 문제일 가능성이 지금으로서는 크다고 봅니다. 공황장애 같은.”

공황장애라는 단어가 처음 등장한 것이 그때였다. 3박 4일에 걸친 협진의 결과는 뜻밖에도 모든 원인을 내 정신 때문이라고 가리키고 있었다. 심지어 생명에 위협이 될 어떠한 소견도 나오지 않았다. 나는 이렇게 괴로운데 심장도 건강하고 맥도 깨끗하고 뇌에도 이상이 없을뿐더러 다른 검사 결과도 이상 소견이 없다는 결과 앞에서 '내 정신은 멀쩡하단 말이에요!'라고 항변할 수는 없었다. 검사 결과를 전한 의사는 퇴원을 해도 좋다고 했다. 몸의 문제든 정신의 문제든 명확히 원인을 알 때까지 나가고 싶지 않았지만 병원에서는 정신건강의학과 외래 진료 예약을 잡아주는 것 외에 더 이상 해줄 것이 없다고 했다. 어쨌든 죽음의 공포에 휩싸여 힘들어하던 내가 죽을 만한 이유는 전혀 없다는 일종의 인증서를 받은 셈이니 그것은 다행이었다. 대신 문제의 근원이 정신세계에 있는 것 같다는 말은 퇴원 후로도 한동안 남 이야기처럼 낯설게 부유했다. 정신과에 대한 편견이 나를 억누르고 조롱했다. 지금 생각해보면 촌스러웠다. 그렇게까지 선입견이나 불편함을 가질 필요는 없었는데.

일주일 정도를 기다려 처음 정신건강의학과 외래 진료를 받으러 갔던 날 대기실을 가득 메우고 있던 수많은 환자들을 보고 나서야 조롱의 음습한 그림자로부터 조금씩 벗어날 수 있었다. 그들 틈에는 선글라스를 낀 전설의 록 가수도 있었고, 점잖은 모습의 노신사도 있었고, 세상 걱정 없어 보이는 아이도 있었으며, 평범한 우리네 어머니 같은 분도 있었다. 정신에 문제가 있는 남녀노소가 그토록 많다는 사실이 뜻밖이었다.

의자에 앉아 내 이름이 호명되기를 기다리면서 잠깐 생각했다. 어설픈 왁싱으로 엉망이 된 나의 주요 부위는 다시 원상 복귀될 수 있을까. 아니면 제대로 브라질리언 왁싱이라도 받아야 하는 걸까. 생애 처음 정신건강의학과 진료를 앞둔 기다림의 시간은 참 길고도 두려웠다.

* 그날의 처방전: 모든 처음은 어렵고 난감하다. 하지만 지금 이 순간에도 무수한 이들이 마음병을 왁싱하기 위해 '처음'에 도전하며 용기 있게 정신과 문을 두드린다. 처음 해본 그곳의 셀프 왁싱은 비록 미완의 실패로 끝났지만, 지금은 아무 일 없었다는 듯 원래 모습을 되찾았다. 상처난 정신 세포도 언젠가 자가 치유될 수 있으리라.

넓은 거실 같은 진료실에서 폭신한 소파에 앉아 차 한 잔을 앞에 두고 얘기 나누는 환자와 의사의 모습. 가끔 영화에 등장하는 정신과 상담 장면은 인상적이었다. 처음 들어가 본 서울대학교병원 정신건강의학과 진료실은 창문 하나 없는 작은 독서실 분위기였고 의사와 나 사이에는 커피 잔 대신 과하게 커 보이는 모니터가 가로 놓여 있을 뿐이었다. 의사는 잠시 내 입원 진료 기록을 살펴봤다. 차분하고 지적인 이미지의 여자 선생님이었다. 의사는 지금 무엇이 가장 불편하냐고 물었다.

"심장이 자꾸 멈출 것처럼 이상하게 뛰는 것도 불편하고, 가슴이 조이듯 아프면서 숨 쉬기 힘든 것도 불편하고, 어쩔 땐 당장 쓰러질 것처럼 핑핑 돌기도 하고, 그러다가 금방 죽을 것처럼 공포에 휩싸이고. 대체 저한테 왜 이런 증상이 일어나는지를 모르겠는데 검사에서는 모두 이상이 없다 하고… 답답하고 힘드네요."

뭐가 가장 불편하냐는 간단한 질문에 내 대답은 타르처럼 질척거리며 늘어졌다. 이런 환자 한두 명 상대한 게 아니었을 의사가 적당한 선에서 내 말을 끊고는 그럴 수 있다고 차분한 목소리로 말했다. 지극히 간단명료하게 '그럴 수 있다'니.

"제가 정말 공황장애인가요?"

가장 궁금한 질문을 던졌다. 의사는 대답 대신 그동안 심하게 스트레스를 받았거나 정신적으로 힘들었던 경험에 대해 물었다. 큰 수술로 잡지사 근무도 그만두고 세상과 단절된 채 보내야 했던 고립의 시간. 내 기억은

2010년 1월로 되돌아가 지금까지 누구에게도 전하지 못했던 개인사를 털어놓기 시작했다. 생활이 가능할 정도로 몸은 회복됐지만 이후로도 수시로 찾아오던 허리와 다리의 통증. 그런 몸을 이끌고 새로운 일을 시작했지만 기대와 달리 먹고 살기가 녹록치 않았던 현실. 아버지의 갑작스런 죽음에 대한 충격과 어머니의 급격한 건강 악화. 삶의 돌파구로 여겼던 소설가 등단의 연이은 실패와 불안하고 희망 없던 미래. 이유를 알 수 없이 계속되는 심신의 힘겨움 때문에 수시로 느껴야 했던 절망과 자살충동까지. 그리고 이야기 끝에 처음 보는 의사 앞에서 주르륵 흘러내리던 눈물.

불안장애의 일종인 공황장애의 명확한 원인은 아직 밝혀지지 않았다. 뇌에서 분비되는 신경전달물질의 이상 때문이라고도 하고, 여러 정신분석학적 원인 등을 종합적으로 고려해 판단하기도 한다. '그럴 수 있다'는 의사의 모호한 답이 가장 정확한 설명일 수 있는 것이다. 우울증이나 스트레스가 원인이 될 수 있고, 개인적인 트라우마때문일 수 있으며, 여러 환경적 요인이 복합적으로

작용해 뇌의 건강한 회로 시스템을 망가뜨린 결과일 수도 있다. 웃기고도 신기한 것은 자신이 공황장애라는 사실을 알게 되는 순간 더 심해지는 경우가 많다는 것이다. '예기불안'이라는 공황장애의 주요 특성 때문으로 '나 지금 공황 발작이 올 것 같아'라고 불안해하는 순간 정말로 증상이 발현되는 것을 말한다.

엘리베이터 타면 답답함을 느낄 때 그 역시 공황장애라고 여기는 사람도 있다. 물론 폐쇄된 공간에서 증상을 보이는 이들이 많지만 가슴이 조금 답답한 정도로는 공황장애라 부르지 않는다. 내 경우는 희한하게도 식당에서 밥을 먹을 때 자주 증상이 나타났다. 편치 않은 사람과 밥을 먹어야 할 때 혹은 밥을 잘 먹다가도 갑자기 불편한 대화가 오갈 때 갑자기 숨 쉬기가 힘들어지고 가슴 통증이 나타나면서 세상이 빙빙 도는 듯한 비현실적 공황 상황이 찾아온다.

심할 때는 식당에 들어가기 전부터 긴장이 됐고, 그 긴장이 예기불안으로 이어지며 공황 발작을 촉발하는 경우가 많았다. 들키지 않기 위해 식사가 끝날 때까지 필사적으로 버티다가 아무도 없는 곳으로 가 숨을 몰아쉬며 털썩 주저앉고 나면 이미 등은 식은땀으로 흥건히 젖어 있었다. 그나마 공황장애라는 걸 알게 된 지인들은 내가 밥을 먹다가 표정이 굳어지기라도 하면 별 거 아니라는 목소리로 "괜찮으니까 먼저 일어나도 돼"라고 말해줬다. 그러면 나는 조용히 일어나 밖으로 나와 진정될 때까지 산책을 하거나 어디서든 잠시 앉아 휴식을 취했다. 누군가 내 고통을 이해하고 조용히 배려해줄 때 그 고마움은 이루 말할 수 없다.

진료를 받으러 갈 때마다 의사는 공황장애라는 말을 거의 쓰지 않았다. 처음에는 자꾸 말을 돌려 하는 것 같은 느낌에 의아하기도 했는데, 내 뇌리에 박힌 근원적인 불안감을 자극하지 않으려는 의도인 것 같았다. 나를 공황장애 환자로 대하지 않음으로써 예기불안과 같은 심리적 트리거를 잘라나가려는. 의사의 그러한 태도나 주변 사람들의 자연스러운 배려는 적어도 내 경험상으로는 꽤 도움이 됐다. 그러기 위해서는 가까운 지인들에게라도 나의 상황을 먼저 알리는 노력이 있어야 한다. 하지만 그게 참 쉽지는 않다. 어렵게 고백했는데 "네가 무슨 연예인이야?"라는 놀림만 돌아와 오히려 상처가 깊어진 적도 있었으니까.

나의 상황을 알리라는 또 하나의 이유는 본의 아니게 타인을 불편하게 할 수도 있기 때문이다. 상대에게 나에 대한 이해를 구한다는 것은 그로 인해서 당신을 불편하게 할 수도 있음에 대한 양해의 의미까지 담는 것이다. 멀쩡히 밥 잘 먹다가 상대가 갑자기 토할 것 같은 표정으로 나가버린다면 사정도 모른 채 남아있는 사람은 웬 날벼락이겠는가. 마음병을 치유해 나가는 데에도 반드시 사회적 예의가 필요하다.

* 그날의 처방전: 내 고통과 아픔을 알아주지 않는다고 서운해한 적이 많았다. 심신의 병은 사람을 이기적으로 만들더라. 그 이기심을 꺾으면 병을 이겨내는 일도 조금은 수월해질 것이다. 세상은 예의 있게 아픈 사람에게 더 너그러운 법이며, 누군가의 너그러움은 병든 이에게 귀한 위로가 된다.

신체화장애라는 거 알아?

처방전에는 질병 코드라는 것이 기재된다. 내 처방전의 질병 코드를 검색해보니 불안장애와 함께 낯선 단어가 보였다.

신체화장애 Somatization Disorder.

몸에는 이상이 없는데 정신적이거나 심리적인 이유로 '신체화'되어 나타나는 모든 증상을 일컫는 말이다. 결국 마음의 병이 몸의 병을 만들어낸다는 얘기다. 신체화장애는 공황장애 환자들에게 매우 흔하게 일어나는 현상이었다. 의사 말대로 '그럴 수 있다'는 사실을 받아들이고 나서도 마음을 다스리는 일은 뜻대로 되지 않았다. 그래서인지 정신과 치료를 시작한 후로도 한동안 여러 형태로 나타나는 신체화장애 증상은 좀처럼 나아질 기미를 보이지 않았다. 의사도 멀리 보고 천천히 가야 하는 병이라고 말했지만 하루하루가 고달픈 나로서는 조급증이 날 수밖에. 몸의 장애만으로 6급을 받았지만 정신의 장애를 등급으로 매기면 어느 정도 될까.

예기불안 같은 공황 발작의 전조 증상이 느껴지면 이미 내 몸과 정신은 빠르게 경직되기 시작했다. 가장 먼저 숨 쉬는 것부터 힘들어지기 때문에 본능적으로 심호흡을 했다. 공황 발작이 왔을 때 지나치게 깊이 심호흡을 하면 안 된다는 것을 처음에는 몰랐다. 심호흡이 나도 모르는 사이에 과호흡이 되고 심할 경우 의식이 흐려지면서 사지마비가 오기도 했다. 과호흡으로 인한 사지마비를 처음 경험한 것은 역시 허리디스크 수술 때였다. 수술을 마치고 입원실로 옮겨와 막 마취에서 깨어나기 시작한 나는 6시간 동안 잠이 들면 안 된다는 간호사의 지시에 따라 계속 몽롱한 상태에서 버티느라 애썼다. 심호흡을 할 수록 마취에서 빨리 깨는데 도움이 된다는 얘기에 누운 채로 깊게 들이쉬고 크게 내쉬기를 반복했다. 그런데 어느 순간 숨이 턱 막히면서 온몸이 돌처럼 굳는 느낌이 들었다. 마치 누군가가 내 목을 조르는 것 같았으며 몸 속 모든 혈관을 꽁꽁 묶어버린 듯 옴짝달싹할 수가 없었다. 살려달라고 소리지르고 싶었지만 입에서 나오는 건 성난 짐승처럼 거친 심호흡 소리뿐.

다행히 나를 지켜보던 어머니가 이상함을 눈치 채고 간호사를 불렀다. 간호사들이 산소통을 들고 달려오는 그 잠깐 사이 나는 찰나의 죽음을 경험했다. 모든 호흡이 정지되는 느낌이 들면서 아득한 안드로메다로 날아오르는 것 같던 순간. 내 숨을 되찾아준 것은 산소통이 아닌 비닐봉지였다. 과호흡으로 마비가 온 걸 눈치 챈 간호사가 시간이 걸리는 산소통 연결 대신 옆에 버려져 있던 비닐봉지를 주워 입에 대준 것. 가물거리는 정신의 틈을 비집고 숨을 쉬라고 외치는 간호사의 목소리가 환청처럼 들려왔고, 나는 필사적으로 호흡 근육을 재가동시켰다.

죽은 줄 알았던 기나긴 암흑의 시간은 불과 10초쯤 됐으려나. 과호흡으로 죽는 경우는 없다고 하지만 그때의 기억을 전하니 의사는 무의식적 트라우마로 남은 것 같다고 했다.

작고 사소했던 슬픔, 외면하고 싶었던 충격, 불편했던 자극 등이 오랜 시간 정신세계에 영향을 미치고 그것이 이유 없는 몸의 병으로 나타난다는 신체화장애. 결국 몸도 마음도 장애를 입었다는 생각에 한동안 더 우울을 감당해야 했다. 정신과 약을 먹기 시작했음에도 불구하고 쉽게 사라지지 않는 증상에 절망은 깊어만 갔다.

식당에서 자주 증상이 나타나는 이유에 대해서는 몸에 음식이 들어가기 시작하면 자율신경계의 균형이 급격히 변하기 때문에 역시 '그럴 수 있다'고 했다. 문제는 시간이 가면서 때와 장소를 가리지 않고 증상이 찾아온다는 것이었다. 결국 지하철 안이나 극장에서 영화를 보다가도 공황 발작을 일으키는 통에 급기야 외출 기피증까지 생겼다. 나가지도 못하고 집에 혼자 있어도 괴롭기는 매한가지인 날들이 계속되면서 내 우울감은 지구 핵까지 닿을 듯 추락하고 또 추락했다. 이러다가 어느 날 가련하게 고독사한 시신으로 발견되는 것은 아닐까 하는 생각까지 들었다.

신체화장애는 마음병이 우리 몸에 어떤 식으로 영향을 미치는지에 대한 의학적 증거이자 몸이 마음의 지배를 받는다는 사실에 대한 반증이었다. 몸을 관리하는 것보다 마음을 다스리는 일이 훨씬 어렵다는 걸 몸소 깨달았을 때는 이미 늦는다. 건강한 몸을 위해서 노력하듯 마음병으로 정신의 장애를 입지 않기 위한 노력을 함께해야 옳다. 어떤 식으로든!

참지 말 걸, 싫다고 말할 걸, 진작 털어 놓을 걸, 좀 더 표현할 걸, 그렇게까지 애쓰지 말 걸, 미련두지 말 걸, 노력이라도 해볼 걸, 자책하지 말 걸, 그리고 더 잘할 걸. 이 외에도 살아가는 동안 수많은 '…걸'이 마음속에 쌓여 노폐물이 되고 독소가 된다. 그 중에서도 가장 후회되는 건 '진작 정신과에 가볼 걸'이다.

* 그날의 처방전: 정신과는 병든 마음의 실체를 끄집어내어 직시하게 만드는 곳이며, 치료를 위한 삶의 태도를 배우는 곳이기도 하다. 꼭 마음의 질병 때문이 아니더라도 동네 병원 마실 가듯 가까운 정신과 의원 한 번쯤 방문해보는 것도 나쁘지 않다고 생각한다. 마음병 역시 신체화되기 전 진단과 예방이 더 중요하니까.

데파스와 심발타

정신건강의학과 진료를 다니기 시작한 지 3년째. 3년 전만 해도 이렇게 긴 싸움이 될 줄은 몰랐다. 물론 그 사이 몰라보게 좋아졌다. 약물 치료의 효과를 무시할 수 없는 것이다. 의사 처방을 통해 먹기 시작한 데파스와 심발타. 데파스는 신경안정제고 심발타는 항우울제다. 처음에는 우울증 치료제까지 먹어야 하나 싶었다. 수시로 자살 충동을 느끼고, 인생의 덧없음에 빠져 살긴 했지만 약까지 먹을 정도는 아니라고 생각했다. 의사 설명에 따르면 신경안정제는 여러 증상을 완화시켜주는 역할을 하고 실제 공황장애를 치료하는 것은 항우울제가 하는 일이라고 했다. 치료제라고 말하니 선택의 여지가 없었다.

데파스는 아침과 저녁마다 한 알씩, 심발타는 자기 전 한 알씩 먹기 시작한 게 한 달이 지나고 반년이 되고 1년이 넘어갔다. 약 복용한 지 두세 달쯤 지나면서 증상은 서서히 좋아지기 시작했지만 불규칙한 심박동이나 현기증은 사라지지 않았다. 그래도 예전 같은 공포 지옥으로부터는 벗어났으니 그것만으로 신에게 은혜를 입은 심정이었다. 그저 사람을 불편하게 할 뿐 생명에 지장은 주지 않는 또 하나의 감기를 달고 사는 것이라고 여겼다.

마음병이 있다는 걸 알게 된 후에도 약을 복용하는 것에 대해 거부감을 느끼는 경우가 많다. 약에 의존하게 될까봐 걱정되기 때문이다. 특히 나 같은 건강염려증 환자는 그런 걱정이 더 크다. 약을 먹을 것인가 말 것인가를 구분하는 기준은 간단했다. 의사가 판단해주니까. 누군가는 의지와 정신력으로 이겨내라고 하는데 말처럼 쉬운 것이라면 다들 이 지경까지 왔겠는가. 마음병이라는 건 성격, 사고방식, 삶의 태도, 세계관, 심리적 환경, 개인이 살아온 역사까지 많은 것들의 미세한 상호 작용으로 나타나는 것이었다. 이 중에서 자신이 정신력과 의지로 바꿀 수 있는 것이 얼마나 있을까. 게다가 정말로 뇌의 특정 회로가 망가져 나타나는 것이 공황장애라면 의지만으로 그 회로를 바로잡기란 쉽지 않은 일이다. 물론 정신과 진료와 약 복용의 한계를 느낀 내가 결국 정신력과 의지로 승부수를 띄우게 되긴 하지만 그것도 어디까지나 배제가 아닌 병행의 의미였다.

공황장애 카페에 자주 올라오는 질문 역시 그런 것들이었다. 의사가 약을 먹으라는데 꼭 먹어야 하나요? 지금 먹고 있는 약이 정말 효과가 있을까요? 그렇게 우울하진 않은데 왜 우울증 약까지 먹으라는 걸까요? 나 역시도 그런 질문을 올린 적이 있는데 누군가 이런 답글을 달았다.

'매사 그렇게 예민하게 걱정하고 고민하니까 공황장애에 걸린 거라는 생각 안 해보셨나요? 그냥 단순해지세요. 의사가 먹으라면 먹고 끊으라면 끊으면 그만입니다.

평생 힘들게 사느니 약 먹고 당장 편안해지는 게 몸에도 마음에도 훨씬 도움이 됩니다.'

단순해져라. 지금껏 만나보지 못한 신박한 멘토링이었다. '단순해져라'가 에코 먹은 마이크 효과음마냥 반복해서 귓전을 울렸다. 내 어리석음에 대한 일침 같기도 했다. 갈피를 못 잡는 나약한 마음에 보내는 응원처럼 느껴지기도 해서 그 댓글을 몇 번이나 읽고 또 읽었다. 이 메시지는 훗날 두고두고 내 마음병을 이겨나가는 데 매우 중요한 키워드로 작용했다.

이후 나는 편안한 마음으로 약을 챙겨 먹기 시작했고, 의사의 지시에 따라 다른 약들은 일체 끊었다. 부작용도 있었다. 깜빡 잊고 약을 챙기지 않은 채 하루 동안 집을 떠나 있어야 할 때가 있었는데 약이 없다는 사실만으로도 불안해져서는 공황 발작이 올까봐 밤을 하얗게 지새웠던 적이 있다. 약에 의존하게 될까봐 걱정이라고 의사에게 말했더니 복용 중인 약은 의존도가 가장 낮은 종류이기 때문에 언제든 중단해도 금단 현상 같은 것은 없다고 설명했다. 결국 내 의지에 달린 것이라는 얘기였다. 다시 되뇌는 말, 단순해져라. 그날 나는 카카오톡의 상태 메시지를 다음과 같이 바꿨다.

Make It Simple!

시간이 흘러서 지금은 조석으로 챙겨 먹던 신경안정제를 끊고 항우울제만 복용하고 있다. 정신과 약은 끊을 때도 복용 중단에 따른 불안감을 최소화하기 위해 나름대로의 매뉴얼을 따랐다. 아침, 저녁 두 알→아침 반 알, 저녁 한 알→아침 반 알, 저녁 반 알→아침에만 반 알→복용 완전 중단, 이런 식이다. 이렇게만 줄여나가는 데도 6개월이 걸렸다. 항우울제보다 내가 더 불안해했던 건 신경안정제였다. 몸으로 체감되는 약효 때문이었다. 그런 불안과 두려움을 이미 파악하고 있는 의사는 서두르지 않고 서서히 수개월에 걸쳐 약을 줄여가게 했다. 신경안정제를 끊고 나서도 별 탈 없이 잘 지내고 있으며, 항우울제는 근본적인 치료를 위해 조금 더 유지하자는 의사 권유에 따라 2~3일에 한 번 정도 먹고 있다.

이런 날이 올 줄 몰랐다. 약을 줄이고도 증상이 나타나지 않는 날이.

중요한 것은 반드시 치유될 것이라는 믿음이었다.

* 그날의 처방전: 공황장애든 다른 마음병이든 당장 괴롭고 힘들다면 복잡하게 고민하지 말고 단순해져야 한다. 생각이 많아지는 것도 내 정신에 과부하를 초래한다. 생각의 잔가지들이 사방팔방으로 뻗어나가 결국 나를 찌르는 창이 되기 전에 조금씩 단순해지는 연습을 해보자. 단순해지면 많은 것들이 편해진다.

정신건강의학과 8번방

내가 다니는 서울대학교병원 정신건강의학과에는 8번방이 있다. 처음엔 그저 많은 진료실 가운데 하나라고만 생각했다. 진료를 위해서는 예약이 필수인 대학병원이라 늘 시간 맞추는 것도 쉽지 않은데 한 번은 도저히 여의치 않아서 예약을 변경하고자 전화를 걸었다. 담당 의사의 진료가 매일 있는 것도 아니라 원하는 시간으로 일정을 바꾸기가 쉽지 않았다. 한숨을 내쉬자 상담원이 '8번방으로 해드릴까요?' 했다. 전문의 대신 일반 전공의가 진료를 하는 곳인데 예약을 못 잡은 환자들이나 간단히 약 처방만 받고자 할 때 가는 곳이라면서. 그런 곳을 왜 여태 몰랐을까 생각하며 8번방 예약을 잡았다.

언제든 원하는 때 진료를 받을 수 있는 곳이라고 해서 대기 시간도 짧을 줄 알았건만 당일 진료를 보려는 환자들까지 더해져 1시간 이상을 기다려서야 전공의 얼굴을 볼 수 있었다. 다소 고루해 보이는 뿔테 안경 때문이었을까. 연륜이 느껴지는 담당 의사와 달리 아직 학생 테를 벗지 못한 듯한 태도에 왠지 미덥지 않은 첫인상. 내 진료 기록을 슬쩍 보는가 싶더니 "어디가 불편하세요?"라고 물었다. 순간 당황했다.

'그게 그러니까….'

어디서부터 설명해야 하는 걸까. 처음 의사를 대면했을 때처럼 허리디스크가 터지는 장면부터 구구절절 리바이벌해야 할까. 잠시 혼란스러운 생각에 멍하니 있다가 무심코 내뱉었다.

"그냥, 약 처방만 해주시면 안 될까요?"

"네, 알겠습니다."

아주 쉽게 그러겠다는 반응에 긴장했던 마음이 싱겁게 풀어졌다. 이렇게 간단하고 편리한 시스템이라니 한편 감동적이기도 했다. 한 시간 기다려 들어갔다가 2분 30초만에 나온 것이 좀 께름칙하긴 했지만 내 공황 발작의 역사에 대한 장황한 '썰'을 다시 풀어야 하는 수고를 덜었다는 것만으로 다행이었다.

사람이 편한 맛을 보면 자꾸 찾게 된다는 게 문제였다. 한 번 그러고 나니 매번 예약 날짜 맞추느라 신경 쓰는 게 번거롭게 느껴져서 적당한 핑계를 대며 '그냥 8번 방으로 해주세요'라고 주문하는 날이 늘었다. 갈 때마다 매번 전공의 얼굴이 바뀌었지만 별 문제 없이 똑같은 처방전을 내주었다. 가끔 남다른 의욕을 드러내는 의사도 있긴 했다. 그런 고마운 의사를 향해 나는 '그냥 조용히 처방전이나 써주시죠?' 하는 노골적인 눈빛을 보냈다.

그러던 어느 날, 대기실에서 작은 소란이 벌어졌다.

60대쯤 돼 보이는 남자가 약을 처방해주지 않는다며 잔뜩 흥분한 채 소리를 질러댔다. 알고 보니 한동안 병원에 나타나지 않다가 예약도 없이 약을 타겠다고 와서는 8번방을 잡아달라고 했다는 것이다. 그는 몇 달 동안 진료를 보지 않은 환자이기 때문에 담당했던 주치의에게 진료를 봐야 한다는 간호사들의 설명에도 아랑곳없이 어서 8번방이나 들어갈 수 있게 해달라며 험악한 분위기를 연출했다. 그 광경을 지켜보던 나는 순간 아차 싶었다. 마치 8번방의 저주 같았다고 할까. 약물에 의존하게 될까봐 겁을 내던 내가 어느새 약 때문에 병원에 오는 신세가 돼버린 아이러니 앞에서 한심한 마음병의 실체를 목도하게 된 것이다.

예약에 문제가 생겼거나 정말로 부득이한 사정에 처한 환자들을 위해 마련해 놓은 8번방의 본래 취지를 흐리는 데 나도 한몫을 했다는 죄책감이 컸다. 그리고 이대로 가다가는 평생 약물의 굴레에서 벗어날 수 없을지도 모른다는 위기감도 느껴졌다. 이것이 더 이상은 안 되겠다는 심정으로 마음병과의 진짜 싸움을 시작하게 된 계기였다. 약은 언제든 원할 때 얻을 수 있지만, 고장난 정신은 때를 놓치면 되돌리기 힘들다는 근본적 위험성에 눈뜨고 나니 또 다른 공포가 몰려왔다.

그때쯤 정신과 진료에 대한 회의가 들기 시작한 것도 이유였다. 말했듯 이곳은 1시간 기다려서 몇 분 상담하고 나와야 하는 대학병원의 정신없는 정신과다. 어쩔 때는 주저리주저리 떠들고 있는 나를 향해 의사가 그만 좀 나가주었으면 하는 시선을 던질 때도 있고, 하고 싶은 말이나 질문이 남았는데도 "그럼 다음에 뵙죠"라는 마무리 멘트에 입맛만 다시며 자리에서 일어나야 할 때도 있었다. 물론 어떠한 상황에서도 환자로서의 권리를 스스로 찾아 누려야 하거늘 이 놈의 '소심병'이 또 문제다. 문밖에서 하염없이 기다리는 많은 환자를 생각하면 여유를 잃은 듯한 의사들의 태도도 일면 이해가 갔다. 더군다나 마음이 병든 이들이니 일반 환자들 대할 때보다 더 진이 빠지고 지칠 수도 있겠지.

즐겨보는 TV 예능 프로그램 〈방구석1열〉에 소아정신

과 전문가 서천석 박사가 나온 적이 있었다. 그때 했던 말이 기억에 남는다. '정신과 의사는 순간에 집중하려고 한다. 상담하는 동안 환자의 말에 집중함으로써 그 순간이 환자에게 의미 있었다는 생각이 들게 해야 변화가 가능하다.' 비싼 진료비를 내고 그곳까지 찾는 이들 대부분이 기대하는 것도 바로 그 집중과 믿음일 것이다. 하지만 대형 공장처럼 돌아가는 대학병원 정신건강의학과의 진료 시스템은 그런 면에서 과연 충실한지에 대해 개인마다 의견 차이가 있을 듯하다. 더 깊은 상담을 원한다면 본원에서 운영 중인 각종 프로그램을 이용해보라고 권할 때는 솔직히 이맛살이 찌푸려졌다. 계속 얘기를 나누고 싶으면 돈을 더 내라는 말로 들렸다.

어쨌든 중요한 것은 이제 새로운 결단을 내려야 할 때라는 사실이었다. 병원 덕분에 나의 몸과 마음은 90% 정도 좋아졌지만 나머지 10%는 내게 달렸다는 뒤늦은 자각. 그래서 나는 그 10%를 완성하기 위해 어떤 노력을 했을까. 궁금하시다면 재미없더라도 이 책을 끝까지 읽어보길 바란다.

* 그날의 처방전: 어쩔 수 없는 경로로 종합병원까지 가게 됐지만 차라리 동네의 소박한 정신과 의원으로 갈아탔으면 어땠을까 하는 후회를 한 적이 있다. 물론 일장일단이 있을 것이다. 누군가는 정신과야말로 체계적인 임상 환경이 갖춰진 큰 병원이 좋다는 사람도 있고, 마음의 치유를 위한 곳이니만큼 가장 편하게 해주는 곳이 제일이라는 사람도 있다. 결국 선택은 자신의 몫이다.

No.8
결국 선택은
자신의 몫

바이오피드백과 착한 사람 콤플렉스

길을 걸어갈 때 보도블록의 선을 밟기 싫어서 요리조리 피해 걷는다. 누군가와 원치 않는 악수를 한 뒤에는 화장실로 가 손을 씻어야 한다. 햄버거처럼 손을 대서 먹어야 하는 음식 앞에서는 물티슈라도 써서 꼭 손을 닦아야 하고, 외부에서는 비데 물티슈 없이 큰 볼일을 보지 못한다. 듣기 싫은 소리를 들은 날은 하루 종일 그 소리가 따라다녀 죽을 것 같다. 싫어도 싫다 못하고 돌아서서 욕한다. 몸에 작은 이상만 느껴져도 당장 병원에 달려가야 한다. 툭하면 인생 비관에 더 살아 뭐하나 청승을 떤다. 이런 인간이 나였다. 역지사지해보면 참 한심한 캐릭터다.

하지만 주변 사람들은 이렇게까지 문제가 많은 위인이라는 걸 알지 못한다. 이런 내 실체를 들키지 않으려고 나름대로 사력을 다해 노력했다. 스스로도 자신이 부끄럽긴 했던 모양이다. 세상에서 가장 어려운 게 평범한 것이다. 평범한 사람처럼 연기한다는 건 더 어렵다. 보도블록의 선을 밟을 때마다 내 발이 잘려나가는 느낌이 든다는 걸 누가 이해할까. 악수를 한 후 손을 닦지 않으면 더러운 병원균이 피부를 뚫고 들어올 것 같은 불안을 누가 납득할까. 다들 살기 팍팍한 세상에 나만 살기 힘들다고 징징거리면 어떤 이가 좋아하겠는가. 몸이 망가지기 시작하면서 마음이 망가지고 그로 인해 내 삶이, 자존감이 바닥까지 곤두박질 쳤다는 이상한 피해의식은 사람을 더 구차스러운 열패감 속으로 몰아넣었다. 평범해보이고자 했던 마음은 결국 열패감을 감추기 위한 안간힘이었다. 나와 비슷한 연배의 기자 출신은 모두 편집장 타이틀을 달거나 잘 나가는 출판사의 편집자가 되거나 뒤늦은 학업의 꿈을 이어가기 위한 새로운 도전에 나서거나 하다못해 결혼해서 행복한 가정을 꾸리는데 내 인생만 이 모양이라는 서글픔도 한몫했다.

나는 전혀 착한 사람이 아니다. 예민하고 소심하고 열등감투성이에 겁도 많고 속으로는 늘 남 탓하는 게 습관이 된, 요즘 말로 '아싸'다. 그럼에도 늘 착한 사람으로 비쳐지고 싶어서 애를 썼고 그러자니 내 실체를 들킬까 봐 전전긍긍했다. 잔뜩 불만을 품고도 예스맨을 자처하거나 공감 안 가는 이야기에도 물개박수를 치거나 자신이 너그러운 인간이라는 걸 주지시키기 위해 가증스러운 자비를 베풀던 모든 순간에 내 마음은 부패하듯 썩어 들어가고 있었다. 인간은 그렇게 호락호락한 존재가 아니어서 상대방도 대부분 내가 정말 착해서 그러는 것인지 착한 척하는 것인지 곧 눈치를 챘다. 세상은 착한 이들은 우습게 여기고 착한 척하는 이들에게는 같은 '척'으로 응대한다. 그런 관계는 깊어질 수 없다. 내가 이 나이까지 살았으면서도 인간관계의 폭이 넓지 못한 이유이기도 했다. 대체 왜 그렇게 착해 보이려고 애썼을까. 거울에 비친 내 모습보다 타인의 시선 속 내 모습에 더 집착했기 때문이었다. "넌 언뜻 보면 꽃처럼 보이는데 다가가면 향기도 색깔도 없는 조화 같아." 그다지 친하지도 않은 선배에게 그런 얘기를 들었을 때 마음속으로는 몇 번이나 주먹을 휘둘렀지만 알레르기 반응을 보였던 이유도 결국 그의 말이 맞기 때문이었다.

문제는 사람의 성격도, 습관도 변하기는 어렵다는 것. 그렇다면 그것이 스스로를 옥죄는 스트레스가 되는 것만이라도 최소화해야 한다는 게 정신의학적 접근이다. 의사로부터 스트레스 클리닉의 바이오피드백Biofeedback 프로그램을 권유받았을 때 처음에는 선뜻 대답을 못했다. 대학병원 정신건강의학과의 부가적인 클리닉 프로그램은 기본적으로 비싼데다가 의료보험 적용이 안 되는 비급여가 대부분이었다. 치료 효과에 믿음도 가지 않았을 뿐더러 뭔가 장삿속처럼 느껴지기도 했다.

바이오피드백은 몸과 정신이 어떤 상황에서 스트레스를 받는지 알아내서 스스로 스트레스를 조절할 수 있도록 돕는 프로그램이었다. 반신반의하는 심정으로 받아보기로 결정했다. 과정은 간단했다. 진료 의사는 내 머리에 전극을 부착하고 여러 종류의 스트레스 상황을 만들었다. 예를 들어 편안히 누워있는 상태에서 의사가 산수 문제를 내고 나는 답을 해야 했다. 처음에는 바로 답할 수 있는 수준의 단순한 덧셈이지만 갈수록 문제는 복잡해지고 대답이 나가는 반응 속도는 늦어졌다. 그 과정에서 나의 뇌파와 체온, 근육의 움직임 등이 실시간으로 기록되는데, 나중에 결과를 보면 어려운 문제로 갈수록 뇌파의 스트레스 지수가 올라가고 근육이 더 경직되는 등의 변화가 일어났다. 당연한 결과일 수 있겠지만 일상 속에서 몸이 스트레스에 얼마나 민감하게 반응하는지를 직접 눈으로 확인하는 순간 비로소 본능적인 경각심을 갖게 됐다. 신체화장애가 아니더라도 마음과 몸이 얼마나 불가분의 관계에 있는지를 확인시켜주는 것이 이 검사의 목적인 셈이었다.

스트레스 클리닉의 의사라서 늘 마음의 평정을 유지하는 것일까. '명상의 소리'에 어울릴 법한 나긋한 목소리를 지닌 의사는 얼굴 근육의 경직도를 나타내는 그래프를 보여주면서 친절하게 설명을 해주었다. 그래프에서 보는 것처럼 본인이 느끼지 못하는 순간에도 몸의 신경과 근육들은 이렇게 스트레스의 영향을 받는다면서. 기분이 나쁘거나 짜증이 날 때 우리가 인지하지 못하는 사이 미간에 주름이 잡히는 것처럼 말이다. 때문에 의식적으로라도 경직된 몸의 근육을 자주 이완시켜주는 것이 스트레스 관리에 도움이 된다는 것이 포인트였다. 틈틈이 미간 근육의 힘을 풀고 릴렉스하면 뇌로 가는 스트레스를 해소하는 데 도움이 된다는 사실.

"다른 사람보다 스트레스에 대한 반응이 심해요. 자신의 마음을 가엾게 여기세요."

돈만 낭비하는 게 아닌가 싶던 검사를 마친 후 명상의 소리 의사가 나직이 건넨 한 마디에 나는 잠시 울컥했다. 온갖 '척' 하느라 갖은 고생 다했을 내 마음아, 진작 살펴봐주지 못해 미안하다. 가여운 내 마음.

* 그날의 처방전: 뻔한 결론이지만 마음병의 근원적인 치유는 결국 자신한테 달렸다. 남들 눈에 착한 사람으로 보이는 것보다 스스로의 건강한 마음을 지키는 것이 100만 배쯤 더 중요하다.

이 안에 곰팡이 있다

"곰팡이가 있어요."
"네? 그게 무슨…?"
"식도에 곰팡이가 있다고요."

서울대학교 의과대학 출신 의사가 신장개업한 'SKY 병원'이라며 동네 아주머니들 사이에서 난리가 났다기에 나는 새로운 단골 내과 하나 만들어볼까 하는 마음으로 찾아갔다. 첫 방문 기념(?) 위내시경을 했던 참이었다. 내 속을 들여다본 의사는 아직 수면 마취에서 덜 깨 몽롱한 나를 앞에 두고 잠꼬대 같은 소리를 했다. 그의 '뽀글이' 파마머리가 눈에 거슬렸다.

"알아듣기 쉽게 설명을 좀…."

의사는 설명 대신 오른쪽 약지로 컴퓨터 모니터를 가리켰다. 화면에는 내 것으로 추정되는 위와 식도 사진들이 펼쳐져 있었다. 나는 상체를 앞으로 기울이고 고개를 쭉 빼서 모니터를 살폈다. 여러 개 사진 중 의사의 손가락이 가리키는 곳에 정말 허연 곰팡이 같은 것이 피어있었다. 진짜 곰팡이였다. 하다하다 이젠 곰팡이라니!

염증 내지는 궤양에 대한 의사 소견을 나름대로 문학적 감성을 담아 '곰팡이'라 표현한 줄 알았다. 그런데 눈앞에 보이는 곰팡이의 실체에 나는 더러운 속내를 들킨 듯 충격에 휩싸였다. 왜 내 몸 안에 저런 흉측한 게 서식하고 있는 것일까. 혹시… 신종 암세포는 아닐까?

"암은 아니고요, 일종의 곰팡이 균인 칸디다Candida균 때문에 생긴 칸디다성 식도염입니다. 하얀 백태처럼 나타나는 염증이죠. 위험한 건 아니고 며칠 약 먹고 음식 좀 조심하면 괜찮아질 겁니다."

의사의 설명에 안도하긴 했지만 사진으로 확인한 내 은밀한 속 풍경은 적잖은 비주얼 쇼크로 다가왔다. 뭔가 더럽고 습하고 오염되고 어둡고 사악한(?) 기운이 가득한 곳에서만 자랄 것 같은 곰팡이가 왜 내 속에서 자라고 있던 것일까.

집에 오자마자 건강염려증 환자답게 네이버 녹색창을 열고 폭풍 검색을 했다. 면역력이 저하되거나 몸이 피곤할 경우, 당뇨나 간이 안 좋을 경우에도 생길 수 있다는 전문가 답변. 참고로 칸디다균이 어린 아이의 입 안에 염증을 일으켜 하얀 반점이 곳곳에 생기면 아구창鵝口瘡, 여성의 질에 염증을 만들면 질아구창이라고 한다고. 이름부터 섬뜩했다.

"곰팡이를 걱정하지 마시고 식습관을 고치는 게 더 중요해요. 야식을 즐긴다거나 밥 먹고 바로 눕는 것, 늦은 밤에 과음이나 과도한 흡연도 식도염에는 안 좋습니다."

현대인이라면 역류성 식도염 정도는 액세서리처럼 달고 사는 것 아닌가. 게다가 나는 술을 잘 못하고 담배 연기는 질색하며 야식을 즐길 시간까지 깨어있질 못한다(8시 뉴스가 끝나면 바로 잠자리에 든다). 어쨌든 잠시 동안 나를 충격과 공포로 몰아넣었던 식도 속 곰팡이 사건은 그렇게 일단락됐다.

가끔은 사는 게 모두 신의 농간처럼 느껴질 때가 있다. 내 안에 사는 곰팡이의 존재도 잊어갈 즈음, 한 후배 기자를 만날 일이 있었는데 어머니가 식도암 3기 판정을 받았다는 말을 듣게 됐다. 그때까지만 해도 식도암을 갑상선암 정도 되는 상대적으로 심각하지 않은 암으로 여겼다.

후배의 어머니는 식도를 잘라내고 대장 일부를 떼 내 식도가 있던 자리에 이어 붙여야 하는 수술을 포기했다. 이미 뼈와 폐로 전이된 상태에서 수술을 통해 얻을 수 있는 효과에 비해 수술로 인해 겪어야 하는 고통이 심각하고 예후에 대한 기대도 좋지 않았기 때문이라고 했다. 암으로 죽나 못 먹어 죽나 어차피 죽기는 매한가진데, 그냥 먹다가 죽겠다고 했다는 어머니. 의사는 수술을 할지 말지 스스로 결정하라고 했다. 그처럼 잔인한 선택을 감당해야 하는 환자의 심정을 누가 다 알까. 자식도 다는 모를 것이다. 수술을 포기하자 의사는 후배에게 어머니를 모시고 좋은 곳으로 여행 많이 다니라는 조언을 마지막으로 남겼다고 한다.

아직 후배로부터 부고는 들려오지 않았다. 무소식이 희소식이겠거니 생각하며, 가시는 그날까지 맛난 것 많이 드시고 좋은 구경 원 없이 다니기를 바랄 뿐. 2017년 중앙암등록본부 통계에 따르면 식도암은 전체 암 발생의 1.1%에 불과한 흔치 않은 암이다. 하지만 5년 생존율은 50%를 넘지 못할 만큼 위험하다.

과도한 음주와 흡연이 가장 안 좋다고 했다. 퇴근길 포장마차에서 기울이는 소주잔과 식사 마치고 피우는 담배 한 모금이 주는 삶의 위안이 결국 우리를 죽이는 독이 되고 마는 아이러니. 그래도 금주와 금연 앞에서 갈등하는 것이 내 식도를 잘라낼지 말지를 두고 고민하는 것보다 조금이나마 쉬운 선택 아닐까. 술맛도 담배 맛도 잘 모르는 내가 함부로 떠들 소리는 아닐지 모르지만 말이다.

* 그날의 처방전: 무시무시한 종양과 비교하면 위와 식도에 핀 곰팡이 꽃 정도는 예뻐 보이기도 한다. 하지만 꽃이 돌덩이 같은 암세포로 커질 위험을 막기 위해서는 식생활 습관부터 점검해야 옳다. 의사들은 흡연이나 음주를 많이 하는 55세 전후 성인에게 최소한 1년에 한 번 이상은 내시경을 해볼 것을 권고하고 있다. 자신의 위장은 튼튼하다며 쓸데없이 8시간 금식하고 돈 버릴 필요 없다는 친구들이여, 몸속을 한 번만 더 깊숙이 들여다보라!

자주 죽고 싶었다. 한때는 정말 죽을 것 같은 순간이 반복됐다. 비슷한 말 같지만 두 상황 사이에는 죽음에 대한 상반된 태도가 담겨 있다. 죽고 싶다는 생각이 들 때는 적당히 힘들 때였다. 힘들다는 생각조차 할 여유가 없자 곧 죽을 것 같은 상황들이 이어졌다. 본격적인 공황장애가 시작돼 심각한 지경까지 이르렀을 때는 일상이 온통 죽음의 공포로 점철됐다. 그렇게 죽고 싶어했던 내가 막상 죽음의 공포와 맞닥뜨리니 세상 더없는 겁쟁이가 되고 말았다. 공황장애 때문이라는 걸 알고 나서도 기별 없이 엄습하는 죽음의 기운에는 좀처럼 적응이 되질 않았다. 보통 공황 발작이 시작되면 대부분 몇 분에서 10분 이내에 증상이 정점을 찍고, 길면 1시간 가까이 이어지는데 당하는 입장에서는 그 순간이 1년처럼 느껴졌다. 강렬한 공포는 몇 분 사이에 사람의 멘탈을 현실의 저편으로 보내고 이성을 상실케 했다. 운전 중 과호흡으로 사지마비가 오기라도 하면 대형사고로 이어질 수 있기에 공황장애 환자들은 외출이나 운전 자체를 꺼리는 사람이 많다.

그 공포와 두려움에서 벗어나고자 가입했던 것이 공황장애 카페인데, 많은 이들이 하는 얘기가 '죽을 것 같지만 죽진 않아'라는 말이었다. 그건 타인에게 하는 얘기인 동시에 자기 스스로에게 되새기는 메시지였다. 공황장애로 죽는 사람은 없다는 걸 인지하고, 그에 대한 믿음을 갖는 것이 치료에 큰 도움이 되기 때문이었다. '그래, 난 이따위 공황장애로 죽지 않아. 여기에서 지면 더 큰 공포와 우울이 나를 짓밟고 말 거야'. 그때부터 나 스스로를 향한 최면이 시작됐다. 하지만 우리의 정신세계는 참으로 오묘해서 아무리 의식적으로 외쳐도 무의식의 세상은 좀처럼 미동하지 않았다. 생각으로 믿는 것과 나의 뇌가 믿게 만드는 것은 별개의 문제이기 때문이다. 무의식의 세계까지 믿게 만드는 일은 정신과 의사도 마음대로 할 수 없는 영역이었다.

그렇다면 어떻게 해야 할까. 내가 택한 방법은 죽음에 대해 초연해지는 것이었다. 이미 공포의 노예가 된 사람이 과연 초연해지는 것이 가능할까 싶겠지만 조금 달리 표현하면 내 삶에 대한 미련을 최대한 놓아버리는 것이다.

"삶에 대한 애착이 많은 사람일수록 공황장애에 깊이 빠져들 수 있어요. 죽고 싶지 않은 마음만큼, 잘 살고 싶은 미련만큼 죽음의 공포에 더 쉽게 사로잡히니까요."

누군가 공황장애 카페에 올렸던 글이었다. 한낱 말장난처럼 들릴지 모르겠지만 내게는 색다른 가르침이었다. 인정하지 않을 수 없었다. 그토록 죽고 싶어하던 내가 실상은 누구보다 살고 싶어한다는 것 말이다. 죽지 않음에 대한 믿음을 가질 수 없다면 이대로 죽어도 괜찮다는 생각을 가져보자. 그렇게 결심하고 증상이 나타날 때마다 스스로에게 주문을 걸었다. 괜찮아, 이 정도면 살 만큼 살았으니 죽게 되면 죽지 뭐. 그리 행복한 인생도 아니었는데 미련 가질 필요 없잖아. 형편없이 살다가 추레한 노인으로 외롭게 죽느니 이렇게 가는 게 낫다, 승민아. 일종의 페이크 멘탈Fake Mental이라고 해야 할까.

의학적 근거도 없는 방법이 효과를 보인 것일까. 증상이 조금씩 호전되기 시작했다. 사실 나는 나의 뇌를 속인 것이 아니었다. 정말 삶에 대한 미련을 버리기 시작했다. 삶에 대한 애착으로부터 놓여나는 것이 곧 죽어도 좋다는 의미는 아니었다. 되레 죽음을 편안히 받아들이려 노력하는 역설의 의식이라고 해야 할 듯하다. 죽음에 초연해지는 연습을 하기 시작하면서 나는 비로소 오랜 시간 나를 괴롭혀온 많은 것들로부터 조금씩 거리를 둘 수 있게 됐다. 문학 이론의 기초를 공부할 때 등장하는 사물이나 대상과의 객관적 거리. 이것은 우리 삶에 있어서도 반드시 필요하다는 것을 그때 절실하게 깨달았다. 삶에 대한 집착이 천천히 사라지면서 끈끈한 접착제처럼 들러붙어있던 마음병 세균들이 하나둘 떨어져 나갔다. 뜻밖의 결과였다. 단지 '죽고 싶지 않아'에서 '죽어도 좋아'로 바뀌었을 뿐인데.

100세 시대라고들 한다. 요즘 거울을 볼 때마다 이만큼 살아오느라 고생했나며 나를 다독인다. 남은 생은 그렇게 착한 척하며 살지 않아도 된다고, 죽는 거 너무 두렵게 생각하며 살 필요도 없다고. 우리 표현에 정말 훌륭한 말이 있지 않은가. 모든 건 다 팔자라는. 진취적으로 살아야 할 젊은이들에게는 추천하고 싶지 않은 문장이지만 적어도 희망이라곤 찾아볼 수 없을 지경과 맞닥뜨렸다면 한 번씩 이용해먹어도 좋은 핑계거리다. 공황장애로 인해 지금 당장 죽는다면 그것도 다 내 팔자라고 생각함으로써 나는 살 수 있었으니까.

이순신 장군의 말씀 중에도 있지 않은가. 죽고자 하면 살 것이라고.

* 그날의 처방전: 만약 지금 이 순간 공황 발작으로 죽을 것 같은 공포가 엄습해 온다면 힘들더라도 그저 팔자려니 생각하자. 대신 푸른 바다와 반짝이는 모래사장을 떠올리면서 단전 깊은 곳의 공기를 모두 뱉어낸다는 기분으로 천천히 숨을 내쉬어보길. 바이오피드백 검사 과정에서 배운 것이니 '야매'는 아니다.

병원에서 웃게 될 거야

우리 아기를 소개할게요. 가끔은 투정도 부리고 토라지기도 하지만 착하고 말 잘 듣는 순한 양이랍니다. 아직 걸음마도 못 떼고 기저귀도 못 떼고 있지만 애 키워본 엄마, 아빠들은 다 알잖아요. 내 아기는 응아에서도 향기가 난다는 거. 깨끗하게 목욕시킨 후에 파우더 향 나는 로션을 발라줄 때 우리 아기는 가장 예쁘게 웃죠. 뽀얀 얼굴로 배시시 웃어주면 정말 천사가 따로 없어요. 세상 근심이 다 없어진답니다. 우리 아기는 과자랑 빵을 좋아해요. 단 것 너무 많이 먹이면 안 되는데 그래도 맛있게 먹는 거 보면 내 배까지 부른 심정, 저만 그런 건 아니겠죠. 특히 부드럽고 촉촉한 치즈파니니만 보면 환장을 해요. 맛동산이랑 땅콩샌드도 좋아하는데 이가 없어서 그건 함부로 주지 않아요. 찹쌀에 야채를 갈아넣어 죽처럼 만든 이유식을 먹고 있거든요. 사실 우리 아이는 몸이 좋지 않아 지금 병원에 있어요. 오늘은 사랑하는 우리 아기를 보러 가는 날이랍니다. 그래서 아침부터 마음이 설레요. 이제 진짜 우리 아기를 소개할게요. 저기, 제 얼굴을 보고 신나서 손을 흔드는, 하얀 백발의 여든두 살 먹은 예쁜 아기. 우리, 어머니.

힐링요양병원 105호실 문을 열고 들어가자 창가 옆 침대에 누워있던 어머니가 나를 보고는 환하게 웃었다. 사실 나보다는 양 손에 들고 온 먹거리들이 더 반가운 것이다. 나는 짐 꾸러미를 내려놓고 몸 여기저기 달고 들어온 냉기를 툭툭 털어내고는 어머니를 안았다. 깡마른 작은 몸이 품에 폭 들어왔다. 정말 아기처럼.

2주에 한 번 일요일 아침마다 40~50분 동안 차를 달려 어머니를 만나러 가는 길은 늘 설렌다. 천재지변이 아닌 이상 2주마다 방문을 어기지 않는 이유는 그 설렘 때문인지 모르겠다. 어머니 기억의 유효기간은 계속 줄어들어서 이제 채 5분이 되지 않았다. 알츠하이머 진단 이후 점점 기억의 불씨가 꺼져가고 있긴 하지만 아직 내 얼굴은 잊지 않고 있다는 게 그저 고맙다. 꼬박꼬박 2주마다 보는 나를 어머니는 '왜 그렇게 오랜만에 왔냐'면서 항상 서운해 한다. 처음에는 2주 전에 봤는데 자꾸 왜 그러냐고 타박하다가 요즘은 그냥 미안하다고, 좀 바빴다고 말한다. 허물어져가는 어머니의 기억에 대한 예의이자 배려다. 그리고 거꾸로 흐르고 있는 어머니의 시간에 대한 포용이라고 나는 믿는다.

곧 점심시간이지만 당장의 먹을 것 앞에서 어머니는 유혹을 뿌리치지 못하는 아이가 되었다. 소독제로 손을 깨끗이 닦은 후 빵 하나를 꺼내 한 조각 떼어 건네주면 어머니는 더 이상 바랄 것 없는 아이마냥 행복하게 받아먹었다.

"반만 먹고 반은 남겨 뒀다가 죽 먹고 또 먹자. 우리 아기 착하지?"

침대에서 일어나지도, 움직이지도 못하기 때문에 한꺼번에 많이 주면 어머니는 소화를 못 시켰다. 적당히 달래서 나머지 반은 치워두고, 12시 15분에 맞춰 들어오는 점심 식사를 준비했다. 준비래 봤자 침대용 간이식탁을 올리고 등받이를 70도 정도로 세운 후 카네이션 꽃이 그려진 대형 앞치마를 어머니 목에 걸어주는 게 전부지만.

그날의 점심 메뉴는 호박죽과 잔치국수, 그리고 미세하게 갈아 놓아 무엇인지 모를 몇 가지의 반찬들이었다. 틀니조차 답답하다고 빼버린 후 잇몸만으로 식사를 하는 탓에 삼시세끼 죽으로 나온지가 꽤 됐다. 이가 없다고 못 먹는 것은 아니었다. 건너편 침대 어르신은 잇몸으로 깍두기를 씹어 드시는 '차력쇼'를 보여주기도 했다. 호박죽은 어머니가 가장 좋아하는 음식이었다. 어머니가 호박죽을 떠먹는 동안 나는 잔치국수를 잇몸으로 씹기 편하도록 당근과 호박을 걸러냈다. 팥 앙금이 잔뜩 들어간 단팥빵 반 조각에 호박죽은 국 대접으로 3분의 2, 잔치국

수 90g. 제법 잘 드신 것 같아 뿌듯한 마음으로 간병인을 대신해 식사량을 기록했다. 노인들은 손에서 숟가락 놓는 순간 가실 날을 받아두는 것이라는 걱정이 늘 자리하고 있어서 뭐라도 잘 드시면 고맙고 대견했다.

"이자평 씨 기억해? 엄마가 사랑했던 남자."

식사를 마친 후 어머니 손톱을 깎아 드리며 모처럼 아버지에 대해 물었다. 어머니는 '사랑'이라는 말에 새침한 표정을 짓더니 고개를 가로저었다. 아버지가 갑자기 돌아가신 후 어머니의 건강도 급격히 나빠졌다. 아버지라는 억압과 굴레로부터 벗어나 이제 좀 홀가분해질 줄 알았던 어머니는 오래지 않아 걷지를 못했고, 자리보전하고 누워 기저귀를 차더니 곧 아버지의 이름도, 얼굴도 잊어버렸다. 차라리 다행이었을까. 알츠하이머 덕분에 불행하고 힘들었던 기억으로부터 훌훌 날아오른 어머니.

젊은 시절 낡은 흑백사진 속 어머니는 육영수 여사를 닮았다는 소리를 많이 들었다. 2018년 출간했던 소설집

《안녕, 평양》(엉터리북스)에 실었던 나의 단편소설 〈연분희 애정사〉 속에 내 어머니를 등장시킨 적이 있었다. '곱게 한복을 차려입고 금줄 달린 비로도가죽 백을 팔목에 건 채 연분홍색 양산 밑에 있던 우리 어머니'라는 짧은 문장으로. 이제는 치매 노인이 돼버렸지만 나는 어머니를 사진 속 고아한 여인으로 추억하고 싶었다. 늘 정갈한 옷매무새와 기품 있는 품성을 잃지 않으며 자식에게 싫은 소리 한 번 않던 여인이었으니 말이다. 남편 탓에 온갖 고생을 하면서도 그 기품만큼은 목숨과도 바꾸지 않겠다는 듯 꼿꼿했던 어머니. 하지만 마지막까지 지키려 했던 여자로서의 자존감도 치매 앞에서는 모래성처럼 무기력했다.

점점 아기가 되어가는 어머니가 잠시, 예전의 그 여인으로 돌아올 때가 있었다.

"나 때문에 많이 힘들지? 면목이 없다. 평생 너희들한테 짐만 되고. 너 사는 것도 고될 텐데…."

그럴 때마다 아버지 죽음 앞에서도 울지 못했던 내가 황급히 병실을 나와 차 안에서 눈물을 훔쳐야 했다. 아기에서 예전 어머니의 모습으로 돌아오는 순간이 점점 줄어들고 있지만 영영 10년 전의 어머니로 돌아오지 않는다 해도 이제 상관없었다. 나보다 빵을 더 좋아하는 아기로만 있어줘도 된다. 그렇게라도 곁에만 있어준다면…. 어머니가 평생 내게 그랬듯 나 역시 바라는 건 그것뿐이다.

* 그날의 처방전: 힐링요양병원 105호실에는 어머니 말고도 치매를 앓는 어르신이 세 분 더 있다. 내가 가는 날이면 네 명의 아기가 똑같이 반갑게 맞아준다. 그 순간 나는 모두의 아들이 된다.

요양병원에서 만난 사촌 형

희택이 형은 고종사촌이다. 어렸을 때 고모 집 근처에 살던 적이 있었는데 고작 세 살이 더 많을 뿐인 희택이 형은 틈틈이 용돈을 주거나 세뱃돈을 챙겨주기도 했다. 꼬장꼬장한 구두쇠 고모부 내외가 어떻게 그런 아들을 낳았을까 출생의 비밀을 의심할 정도였다. 그런데 어느 날 누나에게 전화가 왔다. "희택이 오빠 입원했대."

누나는 희택이 형에게 일어난 믿기지 않는 사고를 울먹이는 목소리로 전했다. 여러 번 사업에 실패를 하고 택시 운전을 하던 형은 기사식당에서 밥을 먹고 나와 차에

타는 순간 정신을 잃고 쓰러졌다. 주차돼 있는 차 안에 있었던 탓에 12시간만에 발견돼 신촌 세브란스병원 응급실로 옮겨졌는데, 뇌출혈이었다.

긴 시간에 걸친 수술 끝에 목숨은 건졌지만 살아온 기억 대부분을 잃었고, 목소리와 말을 잃었으며, 움직일 자유를 잃었다. 너무 많은 것을 잃은 후였으나 의사의 말처럼 방치됐던 시간을 생각하면 목숨을 건진 것만으로도 기적이었다. 중환자실에서 나온 형은 집 근처에 있는 고려수재활요양병원으로 옮겨졌다. 하나밖에 없는 아들이 간병인 없이는 대소변도 해결할 수 없는 처지가 되고 보니 식료품점을 운영하면서도 공짜 과자 하나 나눠준 적 없던 고모가 그저 가엾게 여겨졌다.

형 소식을 듣고도 나는 내 삶의 고달픔에 빠져 지내느라 한동안 가보지 못했다. 누나와 함께 희택이 형을 보러 간 것은 사고가 있고, 1년이 흐른 뒤였다.

내가 살고 있는 상계동에서 병원이 있다는 구로동까지의 길은 생각보다 멀고, 교통 체증도 심했다. 내비게이션에 의존해 병원을 간신히 찾았을 때는 이미 해가 저문 뒤였다. 밤길에 언제 돌아가나 걱정하며 희택이 형이 입원해 있는 6층 병실로 가기 위해 엘리베이터를 탔다. 엘리베이터 문이 열리고 607호 앞에 도착했을 때 갑자기 숨이 가빠지기 시작하면서 어지러움이 몰려왔다. 누나가 먼저 병실 안으로 들어갔고, 나는 잠시 벽을 짚은 채 심호흡을 했다. 안에서 누나의 울음소리가 터져나왔다. 그제야 왜 이 순간 공황 증상이 나타난 것인지 이해할 수 있었다. 희택이 형의 현재를 마주하기가 두려웠던 것이다. 그 불편함을 애써 외면하기 위해 운전하는 내내 막히는 도로 상황에 짜증내고 엘리베이터 안에서도 집에 돌아갈 일을 걱정하는 척했다.

몇 년만에 재활요양병원에서 만난 희택이 형 모습은 낯설고 어색했다. 퉁퉁 부어 있는 얼굴에는 콧줄이 연결돼 있었고 목 가운데에는 구멍이 난 채 동그란 관이 꽂혀 있었다. 두 개의 관 없이는 밥도 먹을 수 없고 숨을 쉬거나 가래 뱉는 일도 어렵다며 희택이 형보다 더 피곤해 보이는 남자 간병인이 설명해줬다.

예상했던 것보다 더 참혹한 모습에 나는 울고 있는 누

나 등 뒤에서 좀처럼 나설 수가 없었다. 어렸을 적 희택이 형을 친오빠처럼 따랐던 누나는 눈물을 뚝뚝 흘리며 얼굴을 쓰다듬고 손을 움켜쥐고 팔다리를 주물렀다. 나는 옆에 서 있는 간병인에게 사람은 알아보냐고, 말은 할 수 있는 거냐고 물었다. 그때였다. 바닥을 긁는 것 같은 쇳소리와 알아듣기 힘든 어눌한 발음으로 형이 우리 이름을 불렀다.

희택이 형은 그나마 마비가 덜한 왼쪽 손으로 공기가 통하는 목의 관을 막고 필사적으로 우리 이름을 부르고 있었다. 그 모습에 누나는 대성통곡을 했다. 내 이름 하나 부르는 데도 얼굴이 벌게질 정도로 힘들어하는 형 때문에 어쩔 수 없이 침대 맡으로 다가갔다. 그러고는 어릴 적 고맙다는 인사도 없이 주는 용돈 덥석 받아 쥐던 철없는 사촌동생으로 돌아가 손을 맞잡았다. 희택이 형이 어설픈 미소를 그리며 눈을 두 번 깜박였다.

떨어지지 않는 발걸음으로 병실을 나와 상계동까지 돌아오는 동안 누나와 나는 말이 없었다. 옆 차선의 자동

차가 깜빡이 신호도 넣지 않고 앞쪽으로 끼어들어도, 뒤차가 빨리 출발하라며 경적을 울려대도 우리는 침묵했다. 구로동에서 상계동까지 돌아오는 1시간 반은 화려한 전조등과 네온사인의 불빛 속에서 세상 더없이 쓸쓸하고 헛헛한 길이었다.

희택이 형은 지금도 고려수재활요양병원 607호 침대에 누워 지내고 있다. 그후로 누나와 나는 한 번 더 형을 찾아갔고, 잠깐 얼굴을 본 뒤 형수 편에 약간의 돈이 든 봉투를 건네고 또 말없이 돌아왔다. 다음에는 희택이 형 곁을 24시간 지키고 있던 간병인을 위해 음료수라도 더 사들고 갈 예정이다.

* 그날의 처방전: 때로 누군가의 고통을 목도하는 게 두렵다. 고통을 나눠야 하는 것은 살아있는 자의 숙명이다. 지금 이 순간 외면하고 있는 누군가의 아픔이 있다면 힘들게 마주하길. 타인의 고통 속에서 내 삶을 견뎌야 할 이유를 발견할 수도 있기 때문이다.

탈모약과 자존감

정신과 진료를 시작하면서 대부분의 약을 끊었다. 하지만 한 가지 예외가 있었다. 바로 탈모약. 지금도 때마다 종로5가를 찾는 이유였다. 보령약국을 탈모인들의 성지라고들 하는데 사실 진짜 성지는 그 앞에 자리한 '보람의원'이었다. 탈모약은 의료보험 적용이 안 되기 때문에 병원마다 처방전 가격에 차이가 많이 나고, 약값 역시 천차만별이었다. 보람의원은 가장 저렴한 비용으로 처방전을 받을 수 있는 곳으로 입소문이 나면서 이곳에서 처방전을 받아 바로 옆 보령약국에서 약을 사는, 이른바 '탈모인의 성지 순례 코스'가 생겨났다.

한 번은 사람이 많아서 40분 정도 기다려야 한 적이 있었는데, 그때 옆자리에 앉은 사람과 잠시 얘기를 나누게 됐다. 소문을 듣고 대구에서 올라왔다는 그는 대머리는커녕 풍성하고 윤기 넘치는 두발의 소유자였다. 대대로 대머리 집안이라 있을 때 지키자는 심정으로 미리 병원을 다니고 있다는 그는 나이 서른한 살이었다. "다른 건 다 참아도 머리 벗겨지는 건 참을 수 없을 것 같아서요. 자존감이 달린 문제니까요."

이제 갓 30대에 들어선 그에게 머리는 죽어도 포기할 수 없는 자존감의 마지노선이었다. 그때는 그 심정을 충분히 이해하지 못했던 것 같다. 한데 정신과 진료를 받고 모든 약을 끊으라는 얘기를 들었을 때 의사에게 애원하듯 말했다. 탈모약은 계속 먹으면 안 되겠냐고 말이다. 의사는 나더러 탈모가 심해보이지 않는데 꼭 먹어야겠냐고 재차 물었다. 의사의 질문에 나는 예전 보람의원 소파에 앉아 들었던 서른한 살 청년의 얘기를 똑같이 읊조렸다.

의사는 쿨했다. "자존감이 달린 문제라니 그건 먹어

야겠군요. 작은 알약 하나로 자존감을 지킬 수 있다면요." 공짜 처방전 써줄 것도 아닌데 탈모약을 허락한다는 의사의 말에 왜 그토록 안도감이 느껴지던지. 나를 살려줄 것이라 믿었던 모든 약을 포기하는 대가로 지켜낸 탈모약 한 알이라 그만큼 더 소중하게 느껴졌다.

나도 알고 있다. 탈모약이 자존감을 살리는 약일 리 없다. 자존감이 벗겨진 머리 하나로 바닥을 치지도 않는다. 살아가는 일은 자존감을 짓밟고 무너뜨리는 숱한 적들과의 싸움이 아니었나. 그 싸움에서 질 때마다 조금씩, 서서히 무너지기 시작하는 자존감이 어느 순간 견딜 수 없는 절망으로 옮겨붙을 때가 있다. 청년도 나도 그 발화를 두려워한 것이었다. 탈모약은 발화의 시간을 늦추는데 미약하나마 도움을 줄 수 있는 수단에 불과했다.

지금도 종로5가 보람의원에는 자존감을 지키기 위한 수많은 대한민국 남자들이 각지에서 올라와 줄을 선다. 힘겹게 번 아르바이트 급여를 아끼고 아껴 처방전을 받아가는 대학생도 있고, 백수 처지라도 탈모약은 포기하지 못해 떨리는 손으로 신용카드를 내미는 중년도 있다. 다들 각기 다른 사연을 품고 왔으나 딱 하나, 자존감만큼은 누구도 부인할 수 없는 공동의 이유였을 것이다. 세상살이가 힘든 만큼 자존감은 쉽게 위태로워진다. 탈모약 한 알이 선사해주는 심리적 효과를 생각하면 그 정도 호사는 자신에게 허락해도 되지 않을까.

검은콩이 탈모에 좋다고 해서 열심히 퍼 나르던 적도 있는데 별 효과는 못 봤다. 매달 검은콩 사느라 들인 돈이 탈모약 구입비보다 더 나갔고, 콩을 씻고 볶고 삶느라 번거롭기만 했다. 다행히 탈모약의 대명사로 불리던 프로페시아의 특허 기간이 만료되어 지금은 다양한 카피 제품들이 쏟아져 나와 가격 부담이 줄어든 것만으로 나는 흡족했다.

* 그날의 처방전: 탈모약이 성기능을 감퇴시키는 부작용이 있다는 얘기 때문에 복용을 고민 중인 남자들도 적지 않다. 넘치는 성욕 때문에 고민인 친구가 탈모약 몇 알만 달라고 농을 던질 때는 하마터면 한 대 칠 뻔했다. 부작용은 극소수에 해당하며 그런 증상이 있어도 복용을 중단하면 곧 회복된다고도 한다. 그러니 탈모로 인해 자존감에 큰 상처를 입을 것 같다면 그냥 작은 한 알의 위안을 택하는 게 낫지 않을까.

오른쪽 팔이 바닥으로 떨어질 듯 무겁습니다.
왼쪽 팔이 바닥으로 떨어질 듯 무겁습니다.
오른쪽 다리가 바닥으로 떨어질 듯 무겁습니다.
왼쪽 다리가 바닥으로 떨어질 듯 무겁습니다.
온몸이 아주 무거워져서 한없이 가라앉습니다.
눈앞에 푸른 바다와 모래 해변이 보입니다.
그 위로 눈부신 햇살이 비춥니다.
당신은 그곳에서 아주 편안히 누워 있습니다.

나는 눈부신 햇살이 비추는 바닷가 백사장 대신 서울

대학교병원 정신건강의학과 스트레스 클리닉의 작은 치료실 소파 위에 누워 있었다. 내게 달콤한 목소리로 속삭이고 있는 여인은 컴퓨터 속 프로그램 안에 사는 미지의 존재였다.

눈을 감은 채 최면에 걸린 듯 얼굴도 모르는 여인이 시키는 대로 오른쪽 팔, 왼쪽 팔, 오른쪽 다리, 왼쪽 다리 순으로 정신을 집중시키면서 '무겁다, 무겁다'를 되뇌었다. 정말 온몸이 천근처럼 무겁다고 느껴지는 순간 근육을 단단하게 붙잡고 있던 알 수 없는 힘이 썰물처럼 빠져나갔다. 몸은 한없이 아래로 가라앉고 영혼은 깃털처럼 가벼워지는가 싶더니 밀도 높던 어둠을 밀어내며 햇살 가득한 바닷가가 펼쳐졌다. 이내 압력솥의 김이 빠져나가듯 답답하던 숨이 트였다.

이제 깊게 천천히 두 번을 세면서 숨을 들이쉬세요. 하나, 두울.

이제 잠깐 숨을 멈추고 두 번을 세세요. 하나, 두울.

이제 천천히 네 번을 세면서 숨을 내쉬세요. 하나, 두울, 세엣, 네엣.

말 잘 듣는 아이처럼 '하나, 두울, 세엣, 네엣'을 따라 세며 숨을 들이마셨다가 내뱉기를 반복했다. "가슴이 움직이면 안 됩니다. 아랫배만 움직여야 해요." 미지의 여인이 내뱉는 속삭임 사이로 현실의 목소리가 새치기해 들어왔다. 지금 스트레스 조절을 위한 명상과 복식호흡을 배우는 중이라는 현실을 깨달았다. 30분 정도 이어진 교육이 끝난 후 눈을 뜨니 허스키한 현실 목소리의 주인공인 의사가 참 잘했다며 웃고 있었다. 그녀는 내 가슴과 배에 부착한 센서를 통해 기록된 흉부와 복부의 움직임 파형 그래프를 보여줬다. 흉부 그래프는 거의 직선을, 복부 그래프는 완만한 곡선을 그렸다. 가슴은 고정시킨 채 횡경막을 움직여 아랫배로 호흡해야 하는 복식호흡은 생각보다 쉽지 않았다. 헌데 그래프를 보니 내가 생각해도 제법 잘한 것 같았다.

복식호흡법을 몇 번 배운 후 나는 매일 저녁 잠들기 전 30분 동안 빼놓지 않고 반복을 했다. 부교감신경을 활성화시켜 심신을 안정시키고 하루 동안 스트레스 받았던 심장을 쉬게 하는 데 큰 도움이 된다니 돈 안 드는 거

한 번 해보자 하는 마음이었다. 큰맘 먹고 침대처럼 펼쳐지는 리클라이너 의자도 장만했다.

처음에는 명상을 하는 동안만이라도 좋은 생각을 하기 위해 노력했는데 2주쯤 됐을 때 짜릿한 순간을 맞이했다. 복식호흡과 함께 명상 속으로 빠져 들어가던 어느 순간 아무것도 떠오르지 않고 아무 소리도 들리지 않는 완벽한 무아지경의 경지에 도달했던 것이다.

그것은 마치 고요하고 맑은 호수 위에 내 몸이 붕 떠 있는 기분이기도 했고, 세상 누구의 눈에도 보이지 않는 미립자 같은 존재가 돼버린 듯도 했다. 정말 내 육신의 무게가 거의 느껴지질 않았다. 블랙홀 같던 속세의 시공으로부터 완전히 벗어나버린 것 같은 경이로움이었다.

오늘도 나는 마음의 안식을 위해 명상과 복식호흡을 반복한다. 매번 무아지경의 경이로움을 만날 수는 없지만, 그날을 위해 빼놓지 않고 무의식의 문을 두드리는 노력을 이어가는 것이다. 오늘도 하나 두울 세엣 네엣!

* 그날의 처방전: 복식호흡을 조금 변형해 4초 동안 들이마시고 7초 동안 숨을 참고, 8초에 걸쳐 숨을 내쉬는 이른바 '478 호흡법'을 하면 잠이 드는 데 도움이 된다. 실제로 내가 효과를 본 방법이기도 하다. 건강하게 살기 위해 가끔씩이라도 뇌를 비우는 연습을 해보길. '무뇌충'이 되란 말은 아니다.

방탄소년단이 건강에 미치는 영향

인간의 몸짓에는 많은 언어가 담겨 있다. 표현하는 데 서툴고 언어적 소통에 도통 소질이 없었던 나는 종종 말 대신 행동으로 뭔가를 전하려 할 때가 많았다. 예를 들면 상대방의 얘기가 불편하거나 의견에 동조하고 싶지 않을 때 그냥 말없이 웃는 식이다. 내가 아는 나는 상대방의 얘기에 공감할 경우 무엇이 됐든, 한 음절의 감탄사라도 소리가 된 말을 내뱉어야 했다. 내게 있어 침묵은 가장 적극적인 거부의 행위인 셈이었다. 대부분은 침묵을 긍정의 의미로 해석해서 문제지만.

이것은 아주 소모적이며 불필요한 오해를 살 수 있는 소통의 방식이었다. 그런데 이런 몸의 언어가 누구와도 소통할 필요 없이 완벽한 자유를 만날 때가 있었다. 바로 클럽이다. 30대 때까지만 해도 나는 클럽 다니는 걸 좋아했다. 9시면 잠드는 내가 유일하게 새벽 3시까지 깨어 있을 수 있는 공간. 무엇이 나의 정신을 늦은 새벽까지 버티게 했을까. 젊었기 때문이라고 설명하기에는 온전히 이해할 수 없는 현상이었다.

클럽은 소심한 나와 우울한 나, 가식적인 나와 촌스러운 나를 모두 날려버리고 꽤 멋져 보이는 나로 변신하는 호박마차 같은 공간이었다. '물뽕' 따위 맞지 않고도 나를 행복한 망각의 세상으로 건너가게 해주는 곳.

클럽에 가면 늘 부대끼지 않아도 되는 구석자리를 찾아 들어갔다. 주로 대형 에어컨이나 화장실 입구 옆자리이긴 했지만 누구의 시선도 의식하지 않고 제멋대로 즐길 수 있는 나만의 공간이 좋았다. 술은 잘 못해도 맥주 한 병 정도는 들어줘야 클럽 착장이 맞춰진다. 그러고는 흐르는 음악에 맞춰 흐느적거리기 시작한다. 절대 과격한 몸짓은 자제해야 한다. 처음부터 격렬해지면 오래 못

버티니까. 자연스럽게 그루브를 타며 깔짝대는 정도가 딱 좋다.

춤이 중요한 것은 아니었다. 가슴과 등을 떼었다 붙였다 하는 것 같은 쩌렁한 음악 비트에 몸을 맡기고 있노라면 내 안을 가득 채우고 있던 우울하고 음습한 기운이 죄다 빠져나가는 기분이 들었다. 알코올 한 방울 없이도 나를 취하게 만드는 카타르시스. 그렇게 온몸과 마음이 음악과 하나 되는 순간, 아마도 나는 무아지경의 세상에 다다랐던 것 같다. 뇌의 제어를 벗어난 몸이 스스로 자율의지를 갖고 움직이기 시작하면 나는 깃털처럼 가벼운 영혼이 됐다. 내가 특별히 이니그마Enigma 음악에 열광했던 것도 그런 이유가 아니었을까. 루마니아 출신 독일 가수의 몽환적 사운드와 신비로운 리듬이 망각으로 가는 가장 신통한 마취제 역할을 해줬다.

물론 이제는 클럽에 가지 않는다. 허리디스크 수술 후로 더 이상 내가 누릴 수 없는 호사가 된 것이다. 호박나이트나 국빈관 같은 데 가야 할 나이가 되기도 했고.

이제는 집에서 혼자 춤을 춘다. 아파트에 살다보니 심장을 구겼다 폈다 하며 울려대던 클럽 사운드만큼 볼륨을 높일 수는 없지만 블루투스 이어폰을 꼽고 여전히 이니그마의 음악을 듣고 있다. 그런데 언젠가부터 이니그마의 리듬을 방탄소년단의 멜로디가 대체하기 시작했다. 대못 여섯 개 박은 허리로 흐느적거리는 수준으로 'IDOL' 노래에 취한다.

공황 발작의 기운이 스멀스멀 느껴진다거나 심장이 또 요상하게 날뛰거나 우울과 짜증이 코트 위를 날아오는 배구공처럼 시간차 공격을 해올 때, 나는 자리에서 일어나 블루투스 이어폰을 귀에 꼽는다. 방탄소년단의 노래들은 나를 아무 일 없다는 듯 익숙한 일상성의 세상으로 끌고 들어간다.

내 속 안엔 몇십 몇백 명의 내가 있어
오늘 또 다른 날 맞이해
어차피 전부 다 나이기에
고민보다는 걍 달리네
Runnin' man

Runnin' man
Runnin' man

방탄소년단이 내게 말한다. 내 속 안에 있는 수많은 나 역시 나라고. 오늘 어떤 나를 맞이하든 어차피 전부 다 나이므로 고민하지 말고 그냥 달리라고. 겁 많은 나도, 우울해하는 나도, 소심한 나도, 가식적인 나도, 고통과 공포에 떨고 있는 나까지도 모두 내가 맞으니 너무 괴로워하지 말고 달리라고.

방탄소년단과 함께 혼자 춤을 추는 시간은 내겐 몸과 마음을 청결하게 비우거나 너그럽게 채우는 시간이 되었다.

* 그날의 처방전: 배설은 정서적으로나 심리적으로 중요한 에너지 리사이클링의 기능을 한다. 오래된 물건들이 쌓여 창고 가득 묵은 짐이 되면 결국 골칫거리 애물단지가 되듯 내 마음속 창고에도 너무 많은 짐이 쌓이지 않도록 한 번씩 버리는 연습을 해야 한다. 방탄소년단의 박자가 어색하다면 '아모르파티'도 좋다.

Runnin' man
BTS
BTS
unnin' man
Runnin' man
BTS

매일 새벽 5시의 약속

몇 년 동안 일했던 편집 사무실을 그만두고 지난해부터 매체에 글을 기고하는 프리랜서 작가의 길을 걷기 시작했다. 어느새 본업이 된 글쓰기를 병행하면서 말이다. 일찍 자고 일찍 일어나던 나도 출퇴근의 압박으로부터 자유로워진 후로는 점점 기상 시간이 늦어졌다. 눈을 뜨고도 이불 밖은 위험하기라도 하듯 좀처럼 박차고 일어나기가 힘들어졌다.

정신건강의학과 담당 의사는 기상 시각을 항상 일정하게 유지하는 것이 수면장애를 해소하는 데 도움이 된다고 했다. 10시에 자든 새벽 2시에 자든 일어나는 시간은 가급적 똑같아야 한다고 말이다. 클럽에 가지도 않으니 새벽 2시에 잘 일은 거의 없었다. 의사는 기상 시간과 함께 꾸준한 운동도 주문했다. 어느 정도 몸을 혹사시키는 것이 정신 건강에 좋기도 하거니와 불안장애 해소에도 도움이 되기 때문이다.

문제는 공황장애를 앓기 시작한 후 오랫동안 해오던 수영도 끊었다는 점이다. 외출하는 것조차 힘들어 할 만큼 증상이 잦아질 때였다. 수영장 물에 들어가 한두 바퀴 돌다가 숨이 턱 막혀 기겁을 하고 뛰쳐나오거나 헬스장에서 벤치프레스 서너 번 들어 올리고는 심장이 또 요란하게 뛰며 천장이 빙빙 도는 통에 10분도 못 채우고 나오기를 반복했다. 상황을 얘기했지만 의사의 지시는 '그럼에도 계속하라'였다.

죽을 것 같지만 결코 죽지 않아. 다시 한 번 마음을 다져먹고 기상 시간과 운동의 두 마리 토끼를 잡기 위해 매일 새벽 5시에 걸어서 10분 거리에 있는 금호스포츠센터로 향했다. 원래 새벽형 인간으로 타고난 덕분에 일어나는 데는 큰 어려움이 없었다. 계속해서 포기하고 싶은 순간이 이어졌지만 이를 악물고 버텼다.

새벽 5시에 물살을 가르고 덤벨을 드는 이들이 얼마나 될까 싶지만 의외로 아침잠 없고 부지런 떠는 사람들이 많다. 특히 새벽에 운동하는 사람들 중에는 오랜 시간 꾸준히 하는 이들이 적지 않았다. 그들은 밤 10시에 자건 새벽 1시에 자건 칼같이 일어나 늘 같은 시간에 집을 나섰다. 아침 운동과 저녁 운동 중 어떤 게 좋은지에 대해서는 아직까지 의견이 분분하다. 그냥 자신에게 맞는 시간을 찾아 하는 게 가장 좋을 것이다. 해가 저문 후에야 몸의 세포가 본격적으로 깨어나는 저녁형 인간이 굳이 새벽 운동을 고집하는 것은 몸에 무리를 초래할 수 있기 때문이다.

다행히 새벽 운동이 몸의 리듬에 맞았던 나는 포기하고 싶은 순간을 버티며 조금씩 몸을 혹사시키는 작업에 적응해갔다. 그 시간을 좀 더 수월하게 버틸 수 있게 해준 것은 '사람'이었다. 새로운 운동 친구들이 생긴 것이다. 새벽 운동을 즐기는 이들은 상대적으로 출석률도 좋은 편이라 오늘 본 얼굴들이 내일도, 모레도 곁에서 함께 운동을 하는 식이었다. 자연스럽게 인사를 나누고 자유형 1km를 함께 돌고 대형 거울 앞에 삼삼오오 모여 짐볼 스트레칭을 같이하며 운동 후에는 지친 근육 달래라고 프로틴바도 나눠먹었다.

그 중에서도 비가 오나 눈이 오나 하루도 거르지 않고 매일 출근 도장을 찍는 아주머님이 한 분 있었다. 예순이 넘었건만 워낙 운동을 열심히 해서 그런지 50대 초반 정도로 보였다. 운동 방식도 한결같았다. 30분 웨이트 트레이닝 후 트레드밀 위에서 속도 10.5로 달리기 유산소 운동 30분, 그리고 곧바로 수영 한 시간. 젊은이들도 소화하기 힘든 고강도 운동을 하루도 거르지 않고 이어가는 그분을 볼 때마다 감탄이 절로 났다. 하루는 왜 그렇게 열심히 하는지 물어본 적이 있었다. 뜻밖의 답이 돌아왔다. 5년 전 위암에 걸리셨단다. 다행히 초기에 발견해 치료를 잘 받았고, 5년 동안 재발이 없이 건강하게 살고 있다는 얘기를 시장에서 녹두전 사먹은 얘기하듯 아무렇지 않게 전했다.

"처음에는 힘들었지. 운동하다가 암세포가 온몸으로 퍼지는 건 아닌가 별별 생각이 다 들더라니까. 그런데 암 걸리기 전까지 내가 너무 나태하고 게으르게 살았던 게 반성되더라고. 내 몸을 너무 돌보질 않았던 거지. 요즘 세상에 나이 들고 병치레 하는 부모 누가 좋아해. 갈 때 가더라도 건강하게 있다가 한 방에 가야 나도 좋고, 자식도 좋잖아."

건강한 생존과 깔끔한 한 방의 마무리. 누구나 원하는 인생 최대 화두를 실천하기 위해 매일 두 시간의 고된 대가를 치르고 있는 65세 어른의 이야기는 두고두고 내가 새벽 운동을 포기하지 않는 원동력이 됐다.

다행히 운동 중에 찾아오던 불편한 증상들도 차츰 사라져갔고, 지금은 하루를 시작하는 건강한 습관이 됐다. 아직도 일어날 때가 힘들고 한 시간만 더 누워 자고 싶을 때가 있다. 하지만 나 빼놓고 다른 사람들끼리 레인 돌고 봉 체조 하는 모습을 상상하면 나만 손해 보는 것 같아 억울해서 일어나곤 했다. 무엇보다 새벽 5시의 약속이 무너지면 '오전 4시간 글쓰기'와 같은 이후의 약속들이 도미노처럼 깨져버리는 게 싫었다. 자유로운 작가의 삶이 무질서한 방종의 일상으로 변질되는 걸 막기 위해서라도 새벽 5시의 약속은 반드시 지킬 것이다. 혹시라도 호박나이트 가게 되면 그 다음날만 빼고.

* 그날의 처방전: 혼자 하는 운동은 외롭고 쉽게 지친다. 싫증도 잘 난다. 그럴 때 옆에 좋은 운동 친구들이 있다면 어느새 고통도 놀이가 된다. 가끔은 운동 5분하고 10분간 수다 떨 때도 있지만 그 수다의 시간조차 건강한 생존을 위한 말하기 운동이라 여기게 됐다.

옷장의 워라밸

워크 라이프 밸런스Work-life Balance, 일과 삶의 균형을 의미하는 이른바 '워라밸' 개념이 등장한 것은 1970년대 후반 영국에서였다. 이미 수십 년 전에 나왔던 표현이지만 2017년 고용노동부가 '워라밸'의 제고를 위한다며 일과 가정의 양립과 업무 생산성 향상을 위한 근무 혁신 10대 제안을 발표하면서 이곳저곳 우리 사회의 때늦은 화두가 됐다.

균형을 찾는다는 것은 현재의 균형이 맞지 않는다는 의미다. 일과 삶 사이의 균형이 어제 오늘 뒤틀어졌던 게 아닐 텐데 왜 최근에 와서야 워라밸의 담론이 뜨거운 감자가 됐는지는 모르겠다. 그만큼 사람들이 체감하는 삶의 피로도가 커졌다는 반증일 수도 있을 것이다. '소확행'이니 뭐니 하는 움직임 역시 애써 행복에 대한 기대감을 낮추려는 노력인 것 같아 한편 씁쓸하기도 하다. 확실한 것은 내가 운동을 열심히 하게 된 것도, 혼자 춤을 추기 시작한 것도 '워라밸적 관점'에서 해석이 가능하다는 사실이다. 몸과 마음의 균형을 찾고자 하는 조금 다른 접근법이기도 하고.

한때 입지도 않는 옷들을 열심히 사들였던 적이 있다. '한때'라는 것은 정확히 심신이 병들어 있을 때를 말하며, 사회적으로 고립돼 있던 시기와도 겹친다. 무엇을 해도 의미 없던 내게 인터넷 쇼핑은 어떤 것으로도 대신할 수 없는 위로가 됐고, 늘어나는 택배 박스만큼 소박하지만 확실한 행복이 쌓였다가 사라지기를 반복했다.

택배가 도착하면 조심스럽게 박스를 개봉하고 나의 누추한 육신을 멋지게 가려줄 아이들을 꺼내 입어봤다. 태그도 뜯지 않은 새 옷을 입고 거울 앞에 서면 내게서 빛이 나는 것 같았다. '그래, 나 아직 죽지 않았지' 하는 마음. 그러면 잠시나마 기분이 좋아지고 무심하던 세상이 친근하게 느껴졌다.

그런데 그뿐이었다. 새 옷을 입고 나갈 일이 없었다. 방금 드라이를 마친 것 같은 새 옷 특유의 섬유 냄새에 익숙해지고 나면 최면에서 깨어나듯 곧 각성의 시간이 찾아왔다. 이내 내 손으로 직접 주문했던 옷들의 이상야릇한 디자인에 놀라고 말았다. 내가 이런 옷을 왜 주문했을까. 거울 앞에서는 분명 멋져 보였는데.

욕구불만과 정서적 장애로 인한 충동구매라는 걸 모르지 않았다. 쇼핑을 하는 동안 옷은 본연의 기능적 가치와는 상관없이 내가 투영시킨 하나의 이미지로 마음을 홀렸다. 쇠락의 길을 걷는 것만 같은 존재를 대체해줄 미학적인 상징 내지는 알레고리랄까. 김치 국물 튀는 게 질색이어서 거들떠도 안 봤던 화이트 셔츠, 나이를 망각한 오렌지색 니트, 20대나 소화 가능한 7부 와이드 팬츠, 정신 사나운 패턴이 프린트된 오버핏 맨투맨 티셔츠에 보기 민망할 정도로 허리 라인이 꽉 조이는 벨벳 재킷까지. 기껏 돈 주고 산 것이니 가끔 용기를 내 입고 나가면 돌아오는 반응은 영락없이 '헐'이었다.

주제 파악이라는 본연의 임무를 상실한 채 요상한 옷들을 사들이면서도 나는 스스로에게 '워라밸'이라고 우겼다. 옷이 심신의 조화를 넘어 일과 삶의 균형을 찾아줄 것이라는 가당치도 않은 논리라니. 내가 끊어야 할 것은 약뿐만이 아니었던 셈이다.

이 이야기까지는 의사에게 하지 않았다. 속내를 다 털어놓으면서도 끝까지 감추고 싶은 치부처럼 느껴졌다. 그저 온전치 못한 정신 탓으로 돌렸고, 모든 것을 바로잡기 위한 노력을 시작하면서 새 옷에 대한 비정상적 집착에서도 벗어나고자 애를 썼다.

입지도 않을 옷 사는 데 들어갔던 돈을 친구와 밥을 먹거나 동료들과 차 마시며 대화의 자산으로 썼다면 어땠을까. 하다못해 영화를 보거나 전시회를 가거나 여행을 가는데 썼다면 '워라밸'이라 말해도 스스로 부끄러움을 느끼지 않았을 것 같다.

가장 큰 부끄러움은 글을 통해 세상과 소통하는 작가로서의 민망함이었다. 좋은 작가가 되길 간절히 바랐던 만큼 과연 얼마나 건설적인 투자를 했던가. 마음병을 핑계로 자신을 위로하겠다며 행했던 행동이 찰나의 최면에 불과했고 정신을 더 황폐하게 만들었을 뿐이라는 사실을 인정하는 것은 적잖이 가슴 아픈 일이었다.

쇼핑은 분명 즐거움이다. 자신이 좋아하는 것을 주문하고 택배가 도착하길 기다리는 며칠이 힘든 일상에 작으나마 희망이 되고 설렘이 된다면 적당한 쇼핑은 약이다. 문제는 적당함의 균형을 찾는 것이 일과 삶의 균형을 찾는 것만큼이나 어렵다는 점이다.

혹시나 해서 서울대학교병원 의학정보를 찾아봤더니 쇼핑중독Shopping Addiction이 '강박적 구매'라는 이름으로 질환 목록에 들어가 있었다. 관련 질병에는 우울장애, 조울증, 강박장애 등이 있다고. 쇼핑중독 환자 중 강박장애 유병률은 12.5~30% 정도. 아울러 우울증, 불안장애, 알코올 및 약물 남용 등이 동반될 수 있으며, 조울증의 조증기에 필요 없는 물건을 지나치게 많이 구매하는 경우는 쇼핑중독과 구분되는 현상이라고 한다.

우울장애와 불안장애 같은 단어가 큰 가시가 되어 생각의 그물에 걸렸다. 결국 이것이었나. 의사에게 고해성사를 하지 않은 데 대한 뒤늦은 후회가 밀려왔다. '쇼핑이 필요한 재화를 획득하기 위한 행동이 아니라 그 자체의 쾌감을 추구하는 행동으로 바뀌는 것'이라는 부연 설명을 보니 피하고 싶던 정답을 마주한 기분이었다.

얼마 전 나는 옷걸이에 걸려 먼지 쌓인 옷들을 모아 재활용함에 넣으러 갔다. 마침 옆에서 분리수거용 페트병들을 정리하고 있던 경비원 어르신이 내 옷들을 보더니 멀쩡한 것들을 왜 죄 버리느냐고 물었다. "저 말고 정말 필요한 사람들한테 주고 싶어서요."

낯간지럽긴 했지만 진심이었다. 그런 옷들을 기꺼이 입어줄 고마운 천사들이 있을까 싶긴 하지만 어쨌든 내게는 치유를 위한 버림이자 나눔이었다. 옷장에는 다시 팔길이 하나 만큼 빈자리가 생겼다. 다시 채우지 않을 것이다. 비울 줄 아는 지혜도 이제는 깨달아야 할 나이이므로.

* 그날의 처방전: 자신이 어떤 순간 정상과 비정상의 경계를 넘어서는지 대부분의 우리는 이미 알고 있다. 알면서도 번번이 지나친다면 중독을 의심해보는 것이 좋다. 돈 버리고 마음 버리는 바보 같은 쇼핑중독은 용기 내어 버려야 한다. 옷장은 부실해졌는데 마음은 부자 된 것 같은 기분. 진작 버릴 걸.

나의 첫 책과 성석제

잡지사 에디터로 일하는 동안 내 삶은 많은 것이 변했다. 임권택 감독과 김혜자 배우를 인터뷰하고 공연과 책에 관한 리뷰를 쓰고, 몰디브와 튀니지로 취재를 떠나고, 샤넬 컬렉션과 아우디 신차 론칭쇼에 초대받던 모든 순간이 좋았다. 모든 것이 내 것처럼 손에 잡히지는 않았지만 감각적으로 즐거웠다. 오래전 문예창작과를 다니며 소설을 공부하던 촌스런 문학도는 점점 보이지 않는 존재가 됐다.

몸이 망가진 후 잡지사를 그만두게 되면서 나를 둘러

싼 세계는 또 한 번 바뀌었다. 남은 건 병든 심신과 고립감뿐이었다. 다시는 이전의 세상으로 돌아갈 수 없을 것이라는 슬픔이 늪처럼 나를 끌어당겼다. 내가 할 수 있는 것이라곤 원망과 분노, 그리고 우울의 심연으로 끝도 없이 추락하는 일뿐이었다.

절망의 자기장이 거부할 수 없는 자력으로 나를 끌어당길 때, 뜻밖에 손을 잡아준 것은 완전히 사라진 줄 알았던 촌스러운 문학도였다. 잃어버리고 잊어버렸던 그가 내게 속삭였다. 살고 싶으면 자신의 손을 잡으라고. 살기 위해서 나는 다시 글을 쓰기 시작했다.

작가가 되려는 욕심은 없었다. 문예창작과 시절에도 그리 특출한 문청이 아니었던 나는 뒤늦게 등단을 꿈꿀 만큼 무모하지 않았다. 그저 글을 쓰고 있는 동안 원망과 분노, 우울과 단절감으로부터 잠시나마 벗어날 수 있는 것이 좋았다. 그것만으로도 글은 내가 현실의 호흡을 이어갈 수 있게 해주는 산소통이었다. 성치 못한 허리에 숨막히는 보조기를 찬 채 쓰다가 힘들면 잠시 눕고 다시 일어나 쓰기를 반복했다.

쓰다 보니 단편소설이 됐고, 좀 더 쓰니 중편이 됐고 어느새 장편 하나가 만들어졌다. 살아온 얘기, 주변의 이야기를 주절주절 배설한 수준의 잡글을 지인에게 보여줬더니 나름대로 재미있다는 반응이 돌아왔다. 용기 내서 e북 전문 출판사에 원고를 투고했고 운 좋게 전자책으로 출간됐다. 세상에 나를 드러내기가 부끄러워 필명으로 펴내긴 했지만 나의 첫 책이었다.

몸이 회복되기까지 오랜 동안 나를 버티게 해준 글쓰기는 이후로도 계속 이어졌다. 달리 할 수 있는 것이 없었다. 새로 시작한 작은 편집 회사 일은 돈 받고 광고성 글을 써주는 업무가 대부분이었다. 먹고 살려니 시키는 대로 받아쓸 수밖에 없는 처지였지만 갑이 원하는 대로 써야 하는 글은 월급보다 부피 큰 자괴감을 전달해주곤 했다. 열심히 써도 광고주에게 쓰레기 소리를 듣기 일쑤였고, 고객이 '오케이'할 때까지 골백번 고쳐 써야 하는 과정은 때로 수치스럽기까지 했다. 어쩌면 그 때문이었는지 모르겠다. 제대로 된 글을 써서 누군가에게 먼저 인정받고 싶다는 욕심을 품게 된 것 말이다.

다시 투고를 이어가던 어느 날, 인터파크도서가 주최한 'K-오서 어워즈' 여행소설 공모전에 보냈던 장편소설이 덜컥 당선이 됐다. 당선됐다는 사실보다 기뻤던 건 최종 심사위원이 성석제 선생님이었다는 사실이었다. 조심스럽게 누군가에게 인정받고 싶어했던 나에게 '누군가'가 되어준 소설가 성석제.

대학 시절 필사의 대상이기도 했던 작가가 내 소설을 직접 읽고 뽑아줬다는 사실이 믿기지 않았다. 시상식이 있고 성석제 선생님과 술자리를 할 기회를 얻었다. 연예인 보듯 쑥스러워 말도 못하고 주는 술잔만 받고 있다가 약간 취기가 올라온 후에야 물었다. 제가 글을 계속 써도 될까요? 선생님은 인자하게 웃으며 포기하지 않고 잘 버텼다고, 계속 포기하지 말고 열심히 써 달라 했다. '써라'도 아니고 '써 달라'는 은은한 어법에 나는 다시 고개를 들지 못했다. 부끄럽고 감사했다.

그 따뜻한 말 한 마디를 의지해 나는 지금까지 글을 쓰는 소설가로 살고 있다. 또한 글쓰기는 정신과 치료의 한계를 느낀 내가 가장 적극적으로 행한 자구적 노력이기도 했다. 글을 쓰는 동안 나는 행복했다. 예전 화려한 잡지사를 다니던 시절 느꼈던 만족과는 또 다른 성질의 것이었다. 손에 잡히는 내 것이었으니까. 온갖 마음병을 앓으면서도 지금껏 나를 살아있게 만드는 가장 약효 좋은 백신이었다. 스스로를 위해 언제든 지어낼 수 있는 처방전이기도 했다.

책상 앞에는 지금도 성석제 선생님이 나의 책에 써주었던 문장이 적혀 있다.

'길게, 자유롭게, 밀도 있게 집중할 수 있도록.'

* 그날의 처방전: 글을 계속 써도 된다는 성석제 선생님의 말씀은 '넌 죽을 이유가 전혀 없어'라는 말처럼 들려서 눈물이 났다. 우울하고 절망적일수록 밀도 있게 집중할 수 있는 나만의 무엇을 찾아야 한다. 인생은 길고도 자유로워야 하는 것이니. 그날 성석제 선생님도 약간 취기에 젖긴 하셨지만 그래도 술기운에 한 말씀은 아니셨겠지. 아니었을 거야, 그럼.

피와 허벅지의 함수관계

동네 단골 병원 중 하나인 김재면내과의 의사 김재면 선생님은 병원을 찾을 때마다 내 혈당을 꼭 체크한다. 대대로 당뇨인 집안이다 보니 피의 대물림은 거부할 수 없으며 언젠가는 반드시 제2형 당뇨인이 될 것이라면서. 저주인 듯 저주 아닌 저주 같은 그 말이 달가울 리 없지만 건강염려증 환자답게 의사 앞에만 앉으면 순한 양이 되어 고분고분하게 피를 빨린다.

나는 여전히 당뇨와 정상 사이, 애매한 위치에 놓여 있었다. 일반적으로 정확한 당뇨 진단을 위해서는 당화혈색소를 측정해 판단한다. 혈액 내에서 산소를 운반하는 역할을 하는 적혈구 내의 혈색소가 얼마나 당화糖化되었는지를 보는 것이 당화혈색소 검사인데 이를 통해 최근 3개월여에 걸친 혈당 변화의 평균치를 알아볼 수 있었다. 쉽게 말해 지난 3개월 동안 내 피가 얼마나 달달한 상태로 유지됐는지를 보는 것이다. 수시로 오르락내리락하는 공복 혈당이나 식후 혈당보다 더 정확한 판단이 가능하기 때문에 당뇨병 진단에 필수적으로 사용되는 방법이었다.

절대적인 것은 아니지만 보통 5.6% 정도까지 정상으로 보고 6%가 넘어가면 당뇨 진단을 내리게 되는데, 내 수치는 5.6~5.8% 사이를 오락가락했다. 의사 말대로 정확히 경계에 놓여 있는 셈이었다. 일단 당뇨병이 생기면 다시 정상으로 되돌리는 것이 힘들기 때문에 어떤 질병보다 예방이 중요했다. 김재면 선생님의 극성스러운 당화혈색소 검사도 그 때문이었다. 처음에는 직설적인 화법에 적응하기가 힘들었는데 병에 있어서만큼은 감성적인 희망 고문보다 현실을 직시하게 만드는 것이 옳다는 사실을 이미 경험이 말해주고 있었다.

"피는 담백해야 해요. 달면 못써." 햇살이 잘 안 드는 음산한 진료실. 나이답지 않은 하얀 피부로 찌개 국물 간 맞추는 일처럼 그렇게 말할 때는 선생님이 드라큘라처럼 보이기도 했다. '설탕에 절지 않은 담백한 피를 내게 줘' 라고 속삭이는 느낌이랄까. "그렇게 말하시니까 무섭잖아요." 투정 부리듯 내가 말하면 그는 무서우라고 그러는 거라면서 웃지도 않고 대답했다. 그런 담담함이 좋다. 요란스럽지 않게 경각심을 일깨우는 방식.

싱거운 피를 위해 그가 제안한 솔루션은 스쿼트 같은 하체 운동이었다. "허벅지가 두꺼워질수록 피가 싱거워진다는 사실을 명심해요. 당뇨 약 먹기 싫으면 그 허벅지를 말벅지로 만들라고." 안경을 코까지 내리고 부실한 내 다리를 빤히 쳐다보며 말하는데 죄진 사람처럼 양다리를 오므리고 말았다. 휘지 않은 늘씬한 다리를 만들어 주기 위해 백일 전까지 우리 어머니가 등에 업지도 않고 지켰던 다리인데.

어쩌겠는가. 수영만 즐겨했던 나는 다음날부터 수영복 대신 운동복을 입고 하체 운동을 시작했다. 문제는 철심 박은 허리 때문에 일반인과 같은 고강도 중량 운동이

쉽지 않다는 것이었다. 그래서 맨몸 스쿼트와 맨몸 런지부터 시작을 해 조심스럽게 레그 프레스나 레그 컬 같은 머신을 사용한 중량 운동으로 옮겨갔다.

처음에는 다리 운동을 하면 피가 싱거워진다는 인과관계가 전혀 피부로 와 닿지 않았지만 이미 의학적으로 증명된 사실이었다. 허벅지는 인간의 신체 중 근육량이 가장 많은 부위인 동시에 근육량을 쉽게 늘릴 수 있는 부위다. 근육은 인체 내에서 칼로리를 제일 많이 소비하는데 그 에너지원으로 사용하는 것이 바로 당이었다. 그러니까 근육이 많아질수록 몸속으로 들어온 당도 더 많이 소모되는 것이며 같은 탄수화물을 먹어도 체지방으로의 전환율이 줄어들게 된다.

당화혈색소 0.1% 떨어뜨리기가 얼마나 어려운지 당뇨인들은 안다. 하체 운동을 시작한 지 3개월쯤 됐을 때 허벅지 두께가 1mm 늘어난 대신 당화혈색소는 이전 검사 수치에 비해 0.2% 떨어졌다. 물론 허벅지 근육 1mm 늘리기도 토 나오게 힘들었다. 운동이고 뭐고 다 포기한 채 달달한 피로 살고 싶은 순간도 여러 번이었다. 그나마 다행인 것은 마음병은 마음대로 안 되지만 몸은 정직하다는 점이었다.

부작용도 있긴 했다. '-0.2%'의 희열에 젖어 주제 파악 못하고 과도한 운동 삼매경에 빠졌다가 무릎에 통증이 느껴져 2주일 넘게 운동을 쉬어야 했다. 물리치료 받으러 김재면내과 건너편에 있는 한규정정형외과를 가니 과도한 운동은 독이라며 나이를 생각하라고 했다. '운동을 못하는 2주일 동안 제 피가 다시 달달해질까봐 겁나요'라고 말하고 싶었지만 한규정 선생님의 날카롭게 꺾인 매부리코 때문에 입을 열지 못했다.

피를 생각하면 운동을 해야 하고, 관절을 생각하면 운동을 말아야 하고. 이 무슨 얄궂은 딜레마일까 싶지만 이 또한 나이 들어가며 받아들여야 하는 순리 같은 것이다. 언제나 적당한 선을 찾는 게 어려웠다. 분명한 것은 내 피도 소중하고 관절도 소중하다는 사실. 싱거운 피와 탱탱한 도가니를 위해 운동과 휴식의 절대 균형을 찾아 나는 오늘도 열심히 고민하고 땀 흘리며 병원을 돌아다닌다.

* 그날의 처방전: 집에서 식후 혈당을 재기 위해 가정용 혈당측정기로 손가락을 찔러 피를 냈을 때, 몽글게 맺혀 있는 빨간 피에 혀끝을 살짝 갖다대봤다. 싱겁지도, 달달하지도 않은 그냥 피맛이었다. 피 속 당을 확인하는 것은 기계나 의사에게 맡기는 걸로!

가슴 아픈 우리 누나

어머니가 치매를 앓으며 어머니로서의 자리를 내려놓게 되자 누나는 수선스럽지 않게 그 자리를 대신하기 시작했다. 혼자 산다고 틈틈이 밑반찬도 챙겨다주고 잔병치레 잦다고 철마다 한약도 지어 먹이고, 응급실에서 보호자를 찾을 땐 열 일 제쳐두고 달려오기도 했다. 어렸을 땐 툭탁거리면서 컸지만 내가 겪은 아픈 가족사는 고스란히 누나의 것이기도 하기에 나이 들면서는 서로 아픔과 결핍을 돌보는 살가운 오누이 사이가 됐다.

누나를 보면서 세상의 딸들은 어머니만큼이나 강하다

는 것을 느꼈다. 내 몸 아프고 내 마음 힘든 것에만 빠져 있는 동안 누나는 묵묵히 못난 동생 옆을 지켰고, 집안 대소사를 챙겼으며, 아기가 돼버린 어머니를 자신의 딸처럼 품었다. 내가 아무리 어머니한테 잘하려고 애써도 누이만이 할 수 있는 섬세하고도 애틋한 무엇이 있다는 사실도 알게 됐다. 자기 가족 챙기기도 바쁜데 병든 어머니와 변변찮은 동생까지 건사하면서 누나는 늘 밝고 씩씩했다.

고마운 누나에게도 삶의 시련은 비켜가지 않았다. 동네 의원에서 유방 건강검진을 받은 지 며칠이 지나서 누나에게 전화가 온 것이다. 세포 검사에서 암으로 보이는 소견이 나왔으니 큰 병원에 가보라는. 그때까지는 '아닐 수도' 있다는 몇 퍼센트 가능성을 더 믿었던 것 같다. 매형은 일 때문에 제주도에 갔고, 하나 있는 조카는 군대에 있던 탓에 서울대학교병원 유방센터에 첫 검진을 가는 날 내가 동행했다.

크리스마스를 이틀 앞둔 지난겨울, 동네 의원에서 첫

유방암 의심 진단을 받았던 누나가 종합병원에서 확진을 받기까지 꼬박 두 달이 걸렸다. 그 사이 내가 가입한 인터넷 의학 카페도 하나 늘었다. 유방암 카페는 공황장애 카페와 분위기가 많이 달랐다. 죽을 것 같지만 죽진 않는 공황장애 환자와 어떻게든 살아남고 싶다는 마음으로 모인 유방암 환우들의 까마득한 거리만큼.

피를 말리며 확진 판정을 기다리는 두 달 동안 요즘 유방암은 암도 아니라는 위로의 말이 전혀 위로가 되지 않는다는 것을 우리 오누이는 함께 절감했다. 아무 일 아니라는 듯 누나를 안심시키고 싶었지만 막상 사랑하는 가족의 일이 된 암은, 아무것도 아닌 게 아니었다. 다양한 질병 관련 카페를 섭렵했던 실력으로 유방암 카페를 속속들이 헤집고 다녔다. 유방암에도 종류가 다양하고 어떤 성질의 유방암이냐에 따라 치료법이나 예후가 많이 갈린다는 것을 알게 됐다. 세계 전체 여성 암의 25%로 1위를 차지하는 흔한 암. 조기 진단 시 5년 생존율 95%. 뉴스 속 수치들만 보고 그저 가볍게 여겼던 유방암은 실상 전이나 재발률이 높은 두려움의 존재였다. 가장 큰 두려움은 기다림이었다. 내가 정신건강의학과에서 1시간

가량 기다렸던 것은 장난이었다. 그만큼 유방암 환자가 많다는 반증이기도 했다. 암을 확진받기까지 기약 없는 기다림의 시간은 웬만한 세파에도 흔들림 없던 누나의 영혼을 송두리째 무너뜨렸다.

주사 바늘 같은 것으로 한 번 찌르면 결과가 나오는 줄 알았던 무지의 소치. 1차 세포 검사를 하는 세침흡입생검술에서는 악성 소견이라고 했고, 부분 마취 후 작은 절개를 내고 바늘을 총처럼 발사해 조직을 얻는 중심생검Core needle biopsy(일명 총생검Gun biopsy이라고도 한다)에서는 암일 수도 아닐 수도 있다고 했다. 결국 전신마취 후 절개 수술을 통해 환부 주변을 떼 내 다시 조직검사를 해야 알 수 있다고 했을 때는 누나도 나도 지쳐 있었다.

다시 지옥 같은 하루하루를 견뎠고, 모두가 행복한 새해를 보내던 설날 누나는 고교 동창들과 함께 해외여행을 가기 위해 장만했던 새 캐리어에 입원을 위한 짐을 싸 병원으로 향했다. 처음 가본 암병동은 병원을 백화점 쇼핑 다니듯 드나들었던 병원중독자에게도 낯설고 무거웠다. 일반 병실에 비해 여유로운 공간과 깔끔하게 꾸며

진 분위기는 오히려 죽음을 위로하려는 의식 같아 보여 서글펐다. 복도에서 마주치는 환자들 중에는 항암 치료 중인지 털모자를 쓰고 있는 여성도 간간이 보였다. 그때마다 나는 누나를 슬쩍슬쩍 쳐다봤다. 가까스로 가둬놓고 있을 절망과 두려움의 둑이 언제 갈라질지 몰라 불안했다.

다행히 누나는 덤덤히 버텨주고 있었다. 입원실 앞 침대에 누워 계신 65세 아주머니가 가슴 전절제 수술을 앞두고 멀리 지방에서 문병을 온 늙은 남동생 품에 안겨 서럽게 울 때도 누나는 병실이 정말 쾌적하다면서 웃었다. 나는 그 순간 웃기게도 우리 오누이가 저 나이쯤이라도 됐다면 덜 억울하겠다는 생각을 했다. 간호사가 겨드랑이 림프절 검사를 대비해 제모크림을 가져다주었을 때 나도 잠깐 웃긴 했다. 나의 셀프 왁싱 때 썼던 것과 같은 제품이어서.

입원 다음날 제주도에서 올라온 매형이 잠깐 집에 다니러 간 사이, 간호사가 다급하게 들어와 곧 수술 들어가니 준비하라고 말했다. 예정보다 앞당겨진 수술 때문인지 긴 머리를 고무줄로 묶는 누나의 두 손이 떨리고 있었다. 고무줄을 빼앗아 내가 대신 묶어주었다. 그리고 잔머리가 흘러내리지 않도록 일회용 헤어캡을 씌워줬다. 작은 거울 속 누나 모습이 한없이 가엾고 애달팠다. 마지막으로 휠체어에 앉은 누나의 맨발에 일회용 덧신을 신겨주고는 수술장까지 함께 따라갔다. 허리디스크 수술 후 9년만에 들어가 본 수술 대기실. 왜 수술장은 항상 시린 냉기가 가득할까.

잔뜩 긴장하고 있는 누나에게 무슨 말인가를 해야 했지만 결국 어깨 한 번 다독이고는 말없이 누나를 차디찬 수술방 안으로 들여보냈다. 누나가 사라지고서도 나는 한동안 돌아서지 못했다. 간호사가 다가와 조심스럽게 그만 나가주셔야 한다고 말할 때까지….

2019년 2월 15일 오전 9시. 서울대학교병원 유방센터 1층 대기실 창 너머로 가물었던 겨울 단비 같은 눈이 하염없이 내리고 있었다. 최종 검사 결과를 듣기 위해 새벽같이 왔지만 으레 그렇듯 대기 시간은 마냥 길어졌고, 누나와 나의 초초한 마음은 불을 놓은 가을 억새풀처럼 쩍쩍 소리를 내며 타들어갔다. 그때 누나 옆에 인자하게 생긴 아주머니 한 분이 앉았다. 그러고는 누나를 잠시 지긋하게 바라보더니 얼마나 됐냐고 물었다. 오늘 검사 결과 들어봐야 안다고 하니 '이제 시작이네' 하면서 누나의 손을 살며시 잡았다. 대전에서 올라왔다는 아주머니는 오늘이 5년 완치 판정을 받는 마지막 날이라고 했다. 먼저 진료실에 들어갔다가 나온 아주머니에게 누나가 말을 붙였다. "통과하셨어요?" 아주머니는 환하게 웃으며 고개를 끄덕였다. 순간 누나의 얼굴에서 두 달 동안 사라졌던 평온한 미소가 퍼졌다. 누나가 잃어버렸던 따뜻하고 예쁜 미소. 희미하게 지나간 희망이란 이름의 현현.

"제 손 한 번만 더 잡아주실래요?" 누나가 손을 내밀며 수줍게 부탁했다. 아주머니는 두 손으로 누나 손을 감싸쥐고 말했다. "지금은 세상 모든 게 끝인 것 같지만, 다 지나갈 거예요. 나도 그랬으니까."

그때 그분 모습에서 우리 어머니를 본 것은 나뿐이 아니었던 것 같다. 눈물날 것 같은 위로를 남긴 후 아주머니가 떠나자 다시 우리 오누이만 남았다. 제주도에서 애타게 소식을 기다리는 매형에게서 전화가 계속 걸려왔지만 아직 받을 수 없었다. 나는 옆에 앉아 있는 누나의 손을 꼭 움켜잡았다. 그분이 그랬던 것처럼, 어머니가 그랬을 것처럼. 누나가 나를 바라보며 말없이 웃었다. 됐다, 그것으로. 웃고 있다는 것은 살아있음의 증거이므로.

이제 드디어 다음 차례다. 누나와 나는 오누이에서 어느새 삶을 함께 견디는 동지가 돼 진료실 문이 열리기를 묵묵히 기다렸다.

* 그날의 처방전: 누나는 상피내암 진단을 받고 한쪽 유방을 모두 절제하기로 했다. 상피내암은 가장 초기의 암이며 수술보다 힘겨운 항암 치료나 표적 치료를 하지 않아도 된다. 수술날짜까지 또다시 지루한 기다림이 시작됐지만 누나는 큰 수술을 대비해 체력을 키우겠다며 필라테스를 시작했다. 그리고 나는 공황장애 때문에 먹던 항우울제를 완전히 끊고 완치 판정을 받았다. 행운과 불운의 무수한 교차. 이것이 웃기고 슬픈 삶이다.

결과는 분명 좋을 거예요!

에필로그

병원에서 웃게 될 거야

에세이를 쓰겠다고 하곤 바로 고민이 커졌다. 내가 생각하는 좋은 수필은 교훈과 감동 혹은 계몽의 메시지라도 담아내 독자에게 피가 되고 살이 되는 삶의 지침을 전할 수 있는 글이었다. 그런 점에서 자유로운 허구의 세상에서 한판 신명나게 놀다 빠져나오면 되는 소설보다 더 사려 깊은 글쓰기로 여겼다. 내가 글을 통해 어떤 메시지를 전달할 수 있을까. 그런 글쓰기가 가능할까. 심란한 고민의 시간을 보내던 중 우연히 계간지 《파리 리뷰The Paris Review》에 오래 전 실렸던 조지 플림턴George Plimpton과 헤밍웨이Ernest Hemingway의 인터뷰를 읽게 됐다. 저널리스트이자 작가였던 플림턴이 작가에게 좋은 지적 훈련 방법에 대해 질문하는 대목에서 헤밍웨이는 이렇게 답했다.

"글을 쓰겠다는 사람이 글쓰기가 불가능할 정도로 어렵다는 것을 알게 되면 집을 나가서 목을 매야 합니다. 그리고 가차 없이 목매는 밧줄에서 끌어내려져야 하고, 죽을 각오로 남은 삶 동안 최선을 다해 쓰도록 스스로 강요해야 합니다. 그러면 그는 최소한 목매는 이야기로 시작할 수 있겠지요."

포기하는 대신 목을 매라고 말했던 헤밍웨이는 끔찍한 경험조차 훈련받은 작가에겐 분명히 귀중한 것이며, 그것이 유용할지 아닐지는 그 사건을 이겨내느냐에 달려있다고 했다. 유용함과 관련해 플림턴이 당신의 작품에 교훈을 주려는 의도가 들어있냐고 다시 물었다.

"교훈적이란 말은 잘못 사용되고 의미가 손상된 말입니다."

그러고는 글쓰기와 투우라는 주제를 철학적으로 풀어내 최고의 논픽션이라 꼽히는 자신의 작품《오후의 죽음》도 교훈적인 책이 아닌 '유익한 책'이라는 말로 인습적 질문을 조롱했다. 교훈적일 필요는 없다. 다만 어떤 식으로든 유익하면 된다. 이 지점에서 나는 비로소 에세이를 쓸 수 있을 것 같은 희망이 생겼다. 관건은 나만의 '목매단 이야기'를 어디에서 찾느냐였다. 그리고 몇 날 며칠 자가 탐색 끝에 지난 몇 년 동안 나만의 희로애락이 펼쳐졌던 병원이라는 공간에서 목을 매달아보기로 결심했다.

헤밍웨이를 오래도록 괴롭혔던 아프리카 원정 당시의 비행기 사고만큼은 아니었지만, 이유도 알 수 없는 이상한 병들에 나 역시 오랜 시간 시달렸고, 이겨냈다(아직 이겨내는 중일지도!). 그 시간들의 궤적을 따라가다 '웃픈' 잔병치레의 병원 역사 정도는 쓸 수 있을 듯했다. 거창한 교훈까지는 아니더라도 진정성 담긴 공감의 글 정도만 쓸 수 있다면 이 각박한 세상 하루하루가 고달픈 이들에게 공감과 위로를 전할 수 있지 않을까 싶었던 설렘.

원고를 마무리할 즈음 오른쪽 손목에 통증이 시작됐다. 처음에는 손목터널증후군을 의심했는데 엄지손가락을 타고 오르는 통증 양상으로 봐서 손목건초염이 아닐까 싶었다. 여전한 이놈의 건강염려증. 출판사에 원고를 넘긴 후 적외선조사기와 레이저치료기 '신상'이 들어왔다는 첩보를 입수하고, 집 근처 정형외과에 갔다. 간단히 엑스레이를 찍었지만 예상한 대로 뼈는 이상 없다며 소염진통제와 물리치료 처방이 내려졌다. 역시 증상에 대한 문진만으로 의사는 확정적인 병명을 말해주진 않는다.

처방전을 챙겨 물리치료실로 들어가자 친절한 물리치료사가 3번으로 들어가라고 했다. 작은 침대였지만 온열 기능을 켜 놓은 덕분에 적당하게 따뜻한 온기가 느껴졌다. 눕자마자 곧 노곤해졌다. 물리치료사가 새로 들인 적외선조사기를 오른쪽 손목을 향해 켜주고 15분 타이머를 맞춘 후 나가려고 할 때 급하게 불러세웠다. 마사지 좀 켜주세요. 내 얘기에 물리치료사는 깜빡했다며 벽면에 붙어있는 버튼을 눌러주고 나갔다. 침대 진동 마사지 기능이 작동되는 순간 사람 손보다 시원한 지압롤러가 등에서 다리까지 적당한 강약으로 두들기기 시작했다. 가운데 7번 침대 쪽에서 어르신 한 분의 코 고는 소리가 들려왔다. 나는 그대로 단잠에 빠지고 말았다.

많이 피곤했던가. 원고 작업이 끝을 향해 갈 즈음 다른 또 하나의 고민이 생겨 잠을 설쳤던 탓이었는지 모르겠다. 다른 것은 몰라도 진정성 하나만큼은 확실히 글에 담고자 끄집어내기 시작했던 내 가족사와 개인적으로 숨겨두었던 이야기. 지금까지 살아온 인간 이승민의 솔직한 모습을 있는 그대로 정리하는 것 같아 후련하기도 했지만, 한편으로 과도하게 속내를 털어놓은 듯한 민망함이 걱정으로 다가왔던 것이다. 감히 헤밍웨이와 비교할 수는 없지만 나로서는 벌거벗는 심정으로 쓴 이 책 안의 '목매단 이야기'들이 어떤 독자를 만나고 어떠한 독후감을 얻게 될까.

그래도 내게는 2019년의 봄이 아주 특별할 것 같다. 첫 번째 에세이집 《내 마음의 처방전－병원중독자의 자기 치유 고군분투기》와 함께 세 번째 장편소설 《로봇 유나에게 사랑한다고 말했다》도 출간하게 됐다. 비록 두 권의 책과 내 소중한 손목을 맞바꾸긴 했지만 그러면 어떤가. 내겐 지친 세포를 깨우는 적외선과 노곤한 몸을 달래주는 전동 마사지와 마법처럼 꿀잠에 빠지게 하는 어르신의 코골이 소리가 있는 것을.

미처 못 다한 이야기를 하나 덧붙이면, 우울증 약을 끊고 나서 심한 어지럼증과 오심, 두통 같은 후유증을 꽤 심하게 겪었다. 예상치 못한 부작용이라 많이 당황했다. 어떻게 해야 할지 판단이 서지 않아 예약도 없이 급하게 정신건강의학과를 찾았다가 1시간 반 이상 기다려야 한다는 얘기에 발길을 돌려야 했다. 서울대학교병원 본관에서 나와 정문을 향해 터벅터벅 걸어 내려오던 나는 잠시 공사 중인 빈 카페 앞 벤치에 앉아 지나가는 사람들을 구경했다. 여전히 많은 사람들이 치료를 받으러 올라가고, 치료를 마친 후 내려갔다. 다들 저마다의 사연으로 이곳을 찾았을 모두에게 병원은 어떤 공간이며 어떤 의미일지 붙잡고 물어보고 싶었다. 이곳에서 당신의 삶은 얼마나 편해졌냐고. 천태만상일 답변을 들은 후 한 마디 덧붙이고 싶었다. 자기만의 처방전을 꼭 찾고 간직하셨으면 좋겠어요. 그러면 이곳에서도 빙긋 웃을 수 있을 겁니다.

나는 미련 없이 진료를 포기하고 일어섰다. 투약 중단에 따른 부작용은 일주일에서 열흘 정도면 천천히 사라진다고 하니 당장 괴롭더라도 기다려보기로 했다. 다행히 예전과 같은 예기불안으로 이어질 것 같지 않았다. 나는 들어올 때보다 조금 가벼워진 발걸음으로 병원 밖을 나섰다.

병원 밖 세상에서 나의 특별한 봄이 다가오고 있었다.

2019년 특별한 봄

이승민

내 마음의 처방전

병원중독자의 자기 치유 고군분투기

2019년 4월 20일 1판 1쇄 인쇄
2019년 4월 20일 1판 1쇄 펴냄

글 이승민

그림 전광은

펴낸이 김철종 박정욱

편집 정명효 김효진 **디자인** 이정현 **마케팅** 손성문

인쇄 제작 정민문화사

펴낸곳 알레고리

출판등록 1983년 9월 30일 제1 - 128호

주소 110 - 310 서울시 종로구 삼일대로 453(경운동) KAFFE빌딩 2층

전화번호 02)701 - 6911 **팩스번호** 02)701 - 4449

전자우편 haneon@haneon.com **홈페이지** www.haneon.com

ISBN 978-89-5596-870-5 03810 **값** 12,800원

이 도서의 국립중앙도서관 출판예정도서목록(CIP)은 서지정보유통지원시스템 홈페이지(http://seoji.nl.go.kr)와 국가자료공동목록시스템(http://www.nl.go.kr/kolisnet)에서 이용하실 수 있습니다.(CIP제어번호: 2019013628)